講談社文庫

# 不機嫌な婚活

山本理沙

講談社

## Side-A

# 背水の結婚相談所

山本理沙

## Side-B

# 東京婚活ミラクル

安本由佳

163

Moody marriage

Side-A

Lisa Yamamoto

# 背水の結婚相談所

Backwater dating agency

山本理沙

Chapter

# 美貌（びぼう）とキャリアを手にした女の哀しいプライド。そして、その本音

「ごめん、杏子といると本当に疲れるんだ……」

知樹の最後の言葉が忘れられない。

眩（まぶ）しいばかりの空が美しい、夏の週末。杏子の心はどんよりと暗く沈みこんでいた。

つい1週間前、半年程付き合った商社マンの知樹と別れてしまったのだ。ここ最近はケンカが絶えず関係は円満とは言えなかったが、彼とは釣り合いのとれたお似合いのカップルだったはずだ。知樹にも決して損はないと思っていた。

疲れるの意味が分からない、と杏子は抗議したが、彼は「もういい加減にしてくれ」と、確かに疲れた様子で話し合いを放棄され、関係は強制的に解除されてしまった。その後も何度か連絡したが、恐らく無視されている。

昔から、何人もの恋人に「杏子といると疲れる」と言われ関係が終わることが多かった。

でも、その意味は未だに理解できない。男に依存するタイプでもないし、外資系証券会社で働く杏子は経済的にもかなり余裕がある。彼らにとって負担は少ないはずだ、と自分では思っている。

加えて、杏子の外見のレベルはかなり高い。大学時代は毎年ミスコンに誘われたし、会社では一番の美人だとよく言われる。それだけでなく、金融業界でも杏子の美貌はよく噂されるほど有名だそうだ。実際、杏子はどんなに忙しくても美容の手入れは怠らない。

しかし昔から、食事会などに参加しても連絡先を聞かれる頻度はかなり少ないし、やっとデートまで辿（たど）り着いても「怒ってる？」などと気を遣われ、なかなか発展しない。そして恋人にはだいたい半年前後でフラれる。

仕事であればどんなに難しいディールも努力次第で上手くまとめられる自信があるのに、恋愛だけはどうしても上手くいかないのだ。

一体、自分の何が悪いのだろうか。

どうして男たちは、賞賛を浴びせるばかりで自分に特別な興味を持たないのか。30歳を過ぎてから、杏子は真剣に頭を悩ませるようになった。

そして何よりも、32歳で恋人を失ったという事実は、思った以上に心に暗い影を落としていた。

## 「最後の砦」と言われた女友達の結婚

タイミングの悪いことに、今日は大学時代のゼミ友達である朋子の結婚式だった。

朋子は黙っていれば顔だけは可愛い女だが、とにかく毒舌で太々しい性格をしていて、周囲からは「残念なオンナ」というレッテルを貼られていた。

次々と結婚を決めていく女が絶えない中で、朋子は結婚できない女たちの「最後の砦」だと、誰もがそう思っていたはずだ。

「朋子の結婚は、AKB48のこじはるが卒業するのと同じくらいのインパクトがありました」

実際、結婚式の友人スピーチでもこんな風に言われていた。朋子本人にしても、そんなキャラを自虐ネタとして、いつも笑いをとっていたくらいだ。

そのスピーチで会場中は笑いに包まれたが、杏子は全く笑えない。では、独身のまま残された自分は一体何だと言うのだ。同じ仲間であったはずなのに、もはや存在を忘れられてしまったのか。

朋子の夫は同じ会社の3つ年下の営業マンだそうで、なかなかのイケメンで仕事もデキる男だそうだ。彼の隣で、朋子は得意気な顔で思う存分に幸せに浸っている。

正直、キャリアも顔も、杏子の方が絶対に上だという確信があった。性格だって、あんな毒舌女より自分の方がよっぽど知性があって女らしいはずだ。

しかし、ふと同じテーブルの仲間たちを見渡すと、やはり自分より格下に思える女たちのほとんどが既婚者だった。皆おっとりと落ち着いた妻となり、結婚式を余裕で楽しんでいる。杏子のように卑屈な思いを抱いているような女はいない。

杏子はどうしようもない敗北感に包まれ、さらに気分は沈んだ。

**「結婚願望のない女」を演じる敗北感**

「はぁ……」

杏子はうっかり大きな溜息(ためいき)をついてしまった。

「分かるわよ。結婚式って本当に疲れるわよね。それに年下男と社内婚なんて笑っちゃう。あの性格の悪い朋子も、相当焦ってたんでしょうね」

みずきがシャンパンを飲みながら低い声で言う。

結婚式後、同じく独身仲間のみずきと二人でグランドハイアットの『マデュロ』に移動して飲み直していた。

彼女も朋子と同じく大学時代からの友人で、外資系の戦略コンサルティング会社に勤めている。とにかく仕事がデキる女で、その辺のエリート男よりずっと優秀だ。

「ま、まぁね。朋子も結局は無難な道を選んじゃったのね」

二人は中途半端な結婚には興味のない、時代の最先端をいく女……ということになっている。表面的には。

「20代の頃の理想なんて忘れちゃったのかしら。みんなアラサーになると、無難な男と逃げるように結婚するわよね。きっと、他に楽しみがないのね」

みずきは口角を少しだけ上げて微笑む。クールな美人である彼女のその表情は、とても意地悪く見えた。

「女って、自分の人生にある程度の限界を感じると、男に頼ったり子どもを産んだりしたくなるものなのかしら」

みずきはピンと背筋を伸ばしたまま毅然とそう言い放ち、杏子も「きっとそうね」と笑った。

――結婚には頼らない、選ばれし女――

周囲の女たちが次々と結婚を決めていく中、いつしか二人はそんなキャラを確立するようになった。けれど会話の端々に漂う虚しさや敗北感は、年々濃くなっているように思える。

みずきもきっと同じように感じているに違いないが、心の内を語り合うことは絶対になかった。

## 美貌とキャリアだけでは満たされない女心

プライベートの不調は否めないものの、杏子は仕事が大好きであり、やりがいも感じている。そして周りからは、美貌とキャリアという、天が二物を与えた女だと崇められることは日常茶飯事である。

けれど、他人の目には華やかに映るだろう杏子の生活は、実は寂しさに満ちていた。

一人深夜に仕事を終え帰宅し、真っ暗な部屋に電気を点けるとき。何の予定もなく、ジムやエステに行って一人帰宅し、簡単な料理を作って寝るだけの単調な休日。

天が与えてくれたかもしれないその二物だけでは、結局心の寂しさは埋まらない。

「結婚」という形にこだわるわけではないが、夫という一人の男に愛され必要とされ、そしてプロポーズされる女たちが杏子はただ羨ましかった。

どうして自分はそういった存在になることができないのか。そんなことを考えると、心の柔らかい場所が何かにグサリと刺されたように痛む。

しかし、こんな弱音を他人に吐くのは杏子のプライドが許さなかった。

自分の弱い心を守る唯一の術は、やはり「結婚を敢えて選ばない自分」を装うことである。そうすれば、寂しく惨めな自分と向き合わずに済むのだ。

「聞いてよ。会社の38歳の女の先輩がね、急に電撃婚をしたのよ。突然どうしたんですかってコッソリ聞いたら、実は結婚相談所に登録して、そこで婚活に励んでたんだって。よっぽど困ってたのね。私には信じられないわ」

みずきはまたしても高飛車に笑う。

杏子も波長を合わせて高らかに笑ったが、しかし頭の中ではピクッと冷静にアンテナが動いた。

——結婚相談所なら、その38歳の女みたいに、誰にもバレずに婚活できるの……?

帰宅後、杏子は仕事さながらにパソコンに向かい結婚相談所の調査を始めた。

まずは資料請求だ。とにかくいくつかの業者から資料を取り寄せ30分ほど吟味すれば、おのずと相場が分かるはずだ。

けれど、天に二物を与えられた女が夜中に一人コソコソと結婚相談所のウェブサイトを物色している姿を冷静に考えると、杏子の哀しいプライドが再び疼く。

いや、しかし誰にもバレなければいいのだ。誰にも内緒でコッソリと事を進めればいい。

杏子は邪念を振り払い、思い切って資料ボタンをクリックすることに成功した。

# 結婚相談所という禁断の領域。エリート美女が、市場価値を算出される⁉

「はぁ……」

最近、めっきり溜息がクセになってしまっている。

オフィス近くの『メゾンカイザー カフェ』で、杏子は一人うなだれていた。溜息をつくと3歳老けるなんて噂は信じないが、確かに30歳を過ぎた女が溜息をつく姿は美しくはないだろう。

まっすぐ家に帰るのが躊躇(ためら)われ、仕事終わりに一人で軽い外食をとる理由は、部屋に結婚相談所のパンフレットと恋愛マニュアル本が溢れているからだ。

夜中のネットサーフィンに熱中し過ぎた結果、ざっと10社近くの結婚相談所のパンフレットと、アマゾンで頼んだ恋愛マニュアル本が10冊ほど一気に届いた。

杏子がそれらを見てまず気づいたことは、このご時世、結婚はやはり簡単に為せる業ではないということだった。だからこそ、結婚相談所というビジネスが栄え、本がここまで売れる。それは紛れもない事実である。

しかし、仕事後のこの疲れた時間に結婚という難題に向き合うほど、杏子はタフでもない。特に恋愛マニュアル本を見ていると、仕事で資料を作ったりプレゼンをする方がずっと簡単なことのように思える。

――男性がドライブ中に道に迷ってしまっても、あなたは道順を提案してはいけません。黙ってそっと見守ることで、彼は自信を失わずに済みます――

恋愛本には、こんな不可解なノウハウが延々と続いている。杏子はタクシードライバーにすら最短経路の裏道を細かく指示する女だ。急に人格を変えろと言っても限界がある。

やはり、結婚相談所にお世話になるのが一番てっとり早いのだろうか。

杏子は無花果（いちじく）が練り込まれたパンを頬張りながら、心は相談所へと傾いて行った。

◆

結婚相談所のパンフレットにざっと目を通したところ、登録料の相場は3万～5万円、入会金は10万円前後、月額料は1・5万～2万円。そして、成婚料は20万円前後といったところだ。

高給取りの杏子にとって、それは特に高額でもない。むしろ本当に理想の結婚をすぐに提供してくれるのならば、100万円くらい即金で払ってもいいとすら思う。

また結婚相談所は、基本的に「コンシェルジュ型」と「イベント型」に分かれるらしい。イベント型の場合は月額料は取られず、イベントごとに課金されるシステムのようだ。

イベントとは、よく耳にするお見合いパーティのようなものだ。もちろん、杏子は番号札なんかを付けてパーティに参加するのは御免である。万一知り合いに遭遇したりしたら生きていけない。

入会するならば定期的に直接男性を紹介してもらえるコンシェルジュ型だと、杏子は目ぼしい結婚相談所をピックアップし、震える手でとりあえず初回無料カウンセリングの予約を入れた。

単純に、価格が一番高い相談所を選んだ。価格とサービスは比例するに違いないし、窓口がオフィスのある丸の内から少し遠い渋谷にある点も好都合であった。

## 歯に衣着せぬ婚活アドバイザー

「はぁ……」

数日後、その結婚相談所の前で、またしても杏子は大きな溜息をついた。とうとう自分はこのレベルまで堕ちたのだと思うと、やはりプライドが疼く。

踵を返したくなるのをぐっと堪えてドアを開けると、そこはまるで美容皮膚科の受付のような空間であった。

40代後半くらいの小綺麗なスーツ姿の女性が、ホスピタリティの塊のような笑みを浮かべている。緊張しながら名前を告げると、「お待ち致しておりました」と丁寧なお辞儀とともに奥の個室に案内された。

「まずは差し支えのない範囲で結構ですので、こちらにご記入いただきお待ちください」

テーブルの上には健康診断の問診票のような書類が置かれている。住所や生年月日はもちろん、学歴、年収、趣味、家族構成、身長体重など、事細かなデータを記載するようになっている。

「婚活アドバイザーの如月直人と申します。よろしくお願い致します」

出された甘ったるいアイスティーに口を付けたところで、急に若い男が勢いよく部屋に入って来たので杏子は一気に緊張した。

「お客様はコンシェルジュのプランをご希望ですね。では、まずは結婚相手のご希望など伺ってもよろしいですか」

婚活アドバイザーを名乗る男はプロフィールにざっと目を通し、真顔で杏子を見つめた。

杏子は自分の顔がジワジワと赤くなるのを感じる。何を隠そう、この婚活アドバイザーと名乗る如月直人は、稀に見る超イケメンなのだ。しかも、年齢もさほど変わらないように見える。

——こんな王子様みたいな顔をした同年代の男に、私は情けない心境を暴露しなくちゃいけないの……？

杏子は羞恥のあまり、反射的にプライドを守るべく受け身の態勢をとった。

「今日は少し話を聞いてみたいな、と思って来てみただけなんです。特にまだ結婚を真剣に考えてるわけじゃないんですけど、結婚相談所ってどういう感じなのか知りたくて」

「失礼ですが、それは本心ですか？　でしたら、杏子さんは当分の間は結婚はしなくていい、という理解でよろしいですね？」

直人が突然厳しい声を出したので、杏子は思わず怯(ひる)んでしまう。

「いや、そういうわけではないんですけど、その……」

「もし、それなりに結婚願望があって弊社に足を運んでいただいたなら、無駄なプライドは捨ててください」

彼は鋭い眼光で杏子を睨んだ。

「杏子さん。自覚はあると思いますが、貴方は美人で、32歳。まだ需要はあります。言い換えれば、貴方の女性としての市場価値は〝今〟はまだ低くない。しかし年々、いや月々、その価値は落ちます。これは事実です。結婚をご希望なら、すぐにご入会をお勧めします。僕が全力でアドバイスをさせて頂きます」

金融業界にお勤めなら相場には詳しいでしょう、と、直人は挑戦的に言い放った。何もかも見透かしたような物言いに、杏子は言葉が出ない。

直人の言葉は杏子のプライドを軽々と越えて胸にグサグサと刺さった。けれど、そこには同時に不思議な説得力もある。

気づけば杏子は、直人に言われるままプロフィールシートに事細かく記入し、入会の手続きを取っていた。

その場でプロフィール写真を撮影することになったが、会社帰りの黒いスーツのままでいると、直人がシフォン素材の薄紫色のブラウスをどこからか持ち出し、それに着替えるように指示した。

「今後、黒などの暗めの色は、あまりお召しにならないようにしてください。杏子さんは髪も黒いので、魔女のような印象になります」

「は……？　魔女……？」

直人はやはり失礼な物言いの男だが、しかし、ここまで率直に杏子に意見する人間に会ったのは久しぶりだ。

親は超エリートと化した杏子に今では何も言えず機嫌を取ろうとするし、会社の上司すらもその傾向があった。

杏子は直人の言葉に怯え苛立ちながらも、なぜか素直に従ってしまうのだった。

**意外に面白い、結婚相談所のシステム**

入会後、杏子の元へは、どっさりと男性からの「会いたい」というオファーが届いた。

直人はそのオファーを整理し、杏子の元へ数名のプロフィールシートを送ってくれた。

年齢は30代半ばから40代前半で、医者や弁護士、経営者といった、意外にもハイスペックな男性ばかりだ。

そのプロフィールシートを眺めているだけでもかなり興味深い。こんなに男たちが独身で、さらに結婚を求めているだなんて。

杏子自身も結婚相談所への身元の証明として、大学の卒業証明書、社員証、住民票、独身証明書のコピーまで提出を求められていたので、紹介される男性は信用が置けた。

送られてきた書類には「この人と会いたいですか？　ＹＥＳ　ｏｒ　ＮＯ」と記載されたシートが入っており、いずれかに丸をつけて返送するらしい。ＹＥＳの場合は、希望の日時まで記載する形式だ。

杏子はプロフィールを吟味した上で、35歳の経営者のシートにＹＥＳの丸をつけて返送することにした。写真の顔は爽やかで、年収は約４０００万円とのことだ。理想を余裕で満たしている。

悪くないサービスではないか。しかも、意外に面白い。

杏子は数日前の落ち込みが嘘のように、これから始まる婚活への希望に気分が高揚していた。

# 男の賞賛と畏怖の眼差しが、女の自尊心を満たす？
# エリート女の暴走デート

——明日ですが、11時に帝国ホテル1F『ランデブーラウンジ』にて、飯島様とのお席を予約しています。宜しくお願い致します——

杏子はいよいよ、結婚相談所で紹介を受けた飯島という35歳の経営者と会うことになった。

彼は先日杏子がYESの返事を出した男性で、前日に婚活アドバイザーの直人から詳細のメールが届いた。

結婚相談所のサービスは、予想をはるかに上回るほど徹底していた。場所も時間も直人が仕切ってくれ、杏子は言われた通りにそこへ向かうだけで良いというシステムだ。

ふだん杏子は、男性と二人で会うまでのやり取りが苦手だった。スムーズに日程が合わなかったり、相手のレスが遅いとイライラしてしまうからだ。その点、結婚相談所を介するデートはストレスやプレッシャーは一切ない。

◆

当日の土曜の朝、杏子は期待でやたらと早く目が覚めた。

一応、今日の面談もデートにカウントされるのだから、着飾るに越したことはないだろう。杏子は朝から自宅の神谷町付近をランニングし、半身浴で汗を流し、念入りに化粧や髪型を整えた。

服はイタリア製の、身体のラインを美しく見せてくれるベージュのスーツを選んだ。直人に暗い色はNGだと言われ新調したものだ。清楚さを意識してミキモトのパールのピアスを着ける。

時計とバングルはエルメスで揃えることにした。エルメスのケリーバッグの持ち手には、スカーフをクルクルと巻く。最後にセルジオロッシのベージュのハイヒールを合わせた。完璧だ。

玄関の全身鏡に自分の姿を映し、ニッコリと微笑んでみる。

鏡に映る自分は、やはり身近な女たちの誰よりも美しいと杏子は思う。ほっそりと引き締まった身体に、色白の肌と艶（つや）やかな黒髪。顔は中谷美紀や木村佳乃に似ているとよく言われる。決して自惚れではないはずだ。

朝から運動をしたので、コンディションは何もかも最高だった。

## 有頂天になるエリート女

『ランデブーラウンジ』に10分ほど前に到着すると、飯島はすでに席に座っていた。清潔感のある男で、顔立ちも体格も悪くない。シンプルな白いシャツを着たファッションも好印象だ。

「杏子さんですか……？　は、はじめまして！　飯島と申します！」

飯島は立ち上がると丁寧に頭を下げ、「一応……」と緊張気味に名刺を差し出した。

身なりや雰囲気を数十秒観察すれば、彼がそれなりにきちんとした男であるということは何となく直感で分かる。伊達に長くセールス職に就いているわけではない。

「ここまで素晴らしい人に出会えるとは、思っていませんでした……」

杏子も同じように名刺を渡すと、飯島は心底感嘆しているようだった。

外見もスペックも中々だが、女慣れしていない真面目そうな男だ。それゆえにきっと東京恋愛市場では埋もれてしまうのだろう。しかし、やはり悪くない。想像以上の優良物件の登場に、杏子の心は少し躍った。

「よかったら、お食事か、甘いものでも是非頼んでください」

飯島はメニューを差し出したが、杏子はブラックコーヒーをオーダーした。せっかく朝からせっせと運動に励んだのに、中途半端な食事は摂りたくない。飯島も同じ物を、と店員に告げた。

最初は仕事の話から入った。仕事の説明なら、杏子は勿論慣れている。営業モードでにこやかに語ると、飯島は神妙な表情で聞き入っていたが、相槌の声は若干上ずり、手元は小刻みに震えていた。

――緊張しちゃって……可哀想に。まぁ仕方ないわね。結婚相談所に登録するような男は、そんなにレベルの高い女に出会うこともないだろうし……。

賞賛と畏怖の混じり合った男の視線は、杏子の自尊心を大いに満足させる。

結婚相談所に登録してすぐに多数の「会いたい」のオファーが届いたのだし、あの厳しい直人だって、杏子は美人で市場価値は高いと言っていた。プライベートが少々上手く行かないくらいで落ち込む必要なんて全くなかったのだ。

「杏子さんは、どのような男性がタイプですか……？」

飯島はすっかり恐縮した様子で、杏子に探り探りでいくつか質問をした。

「そうですね……、まずは私が尊敬できる男性がいいです。仕事面だけでなく、プライベートも。私は休日も朝からアクティブに過ごしたいので、ダラダラとお昼まで寝ているような男性は苦手ですね。今日も朝7時からランニングをしてきました」

杏子が答えると、飯島は「流石(さすが)ですね……」と、やはり賞賛の眼差しを送る。

「私は自分のワークライフバランスにとても満足しています。仕事は楽しいですし、休日も効率良く時間を使って充実した日々を過ごしたいんです。お付き合いする男性とは、そんな日々をさらに楽しみたいですわ」

杏子は飯島の目を見つめて、ニッコリと微笑んでやった。

きっと彼も、なかなか良い女性に巡り合えず婚活に疲れているはずだ。自分のようにまともなイイ女もちゃんと存在するのだと知るだけでも、きっと励みになるだろう。杏子は目の前の人の良さそうな男にそんなサービス精神すら抱き始めた。

「ちなみに杏子さんは、いつ頃までに結婚をお考えですか……？」

この質問は、杏子をさらに有頂天にさせた。

飯島は、既に自分との結婚を妄想しているのだ。突然ハイレベルの女に出会えたのだから、彼が前のめりになっても仕方あるまい。

杏子は右斜め下にほんの少し顎を引き、目を伏せて口角をキュッと上げた。この角度のこの表情は、杏子の顔を一番エレガントに見せるはずだ。

「結婚をいつまでに必ずしなければいけないものとは、考えていませんわ。良きパートナーと自然なタイミングで結婚の選択ができれば、それは理想かも知れません」

「……さすが、外資系にお勤めの方は、しっかりと自立した考えを持っていらっしゃるんですね……」

飯島は、杏子の話に終始真面目に聞き入っていた。

その後は出身地や住んでいる場所、大学の話など、簡単なプロフィールを交換するような会話が続いた。飯島は横浜生まれで、早稲田大学出身。経営するＩＴ系の会社は順調で、現在はオフィス兼自宅の番町のヴィンテージマンションに住んでいるとのことだった。

温和そうな人柄も、なかなか杏子の理想に近い。彼もきっと、この面談に満足しているに違いない。

「飯島さん、もしお時間あれば、上の『嘉門』で鉄板焼きのランチでもご一緒しませんか？　運動後なのでお肉でタンパク質を摂りたくて。なかなか素敵なお店ですよ」

上機嫌の杏子は、サラッと飯島を誘った。

「大変嬉しいお誘いですが、すみません……。今日は午後から仕事に戻らなくてはならないんです。是非、またお食事をご一緒させてください。申し訳ない」

飯島は本当に申し訳なさそうに謝っていた。もちろん仕事ならば仕方ない。彼はそのタイミングでウェイターを呼び止めコーヒー代を払い、そこで解散となった。

「本当に、素敵な方とお会いできて光栄でした。では、また是非」

飯島は最後まで丁寧にお辞儀をして去って行った。

ランチが出来なかったのは残念だが、婚活は初速からかなり好調だ。きっと杏子から直人に「引き続き会ってもいい」と伝えれば、すぐに2回目のデートをセッティングされるに違いない。

「ふふふ」

つい、笑いが声に出てしまった。婚活なんぞ、やはり自分のような女にはさして難しいものではなかった。

杏子はハイヒールでカツカツと床を鳴らしながら優雅にタクシーに乗り込み、上機嫌で帝国ホテルを後にした。

# どんなに美人でもモテない？ 勘違いと高飛車のダブルパンチの痛い女

杏子は表参道を気分良く闊歩（かっぽ）している。

今日は久しぶりに髪型を変えた。前回、アドバイザーの直人に「黒髪が魔女みたいだ」なんて言われたので、髪を気持ち明るく染めてみたのだ。

「明るい髪色も本当にお似合いです。美容師として、杏子さんみたいな方を担当できて嬉しいです！」

美容師の言う通り、鏡の中には一層美しい自分の姿があった。

杏子の髪は艶やかなロングヘアで枝毛一本見当たらず、手入れをすればする程に輝く。髪を見慣れている美容師が賞賛するのも無理はないほど、自分の髪は美しい。

そして杏子は渋谷の結婚相談所へ向かった。

直人から「話がある」と呼び出されたのだ。きっと先週末に会った飯島のことだろう。2回目のデートのオファーか、ひょっとすると交際を申し込まれているかも知れない。

前回の容赦ない直人のアドバイスに従い、あれから服装などはかなり変えた。今日も明るいパステルピンクのブラウスを着ている。

ガラリと変わった自分の姿を見て、あの辛口の直人は一体どんな反応をするだろうか。

杏子は楽しみで仕方がない。

相談所へ向かう足取りは、羽のように軽かった。

**市場価値「Bプラス」。婚活アドバイザーの辛口分析**

「杏子さん、あなた、だいぶ勘違いされているようですね」

通された部屋に入るなり、直人は挨拶も抜きに厳しい口調で言った。

「は……?」

「あなたを買いかぶっていた僕にも責任がありますが、事態を深刻に考える必要がありま す」

「何ですか、突然? あ、飯島さんとは上手くいき……」

「だから、それが勘違いです」

直人は杏子が言い終える前に、苛立った口調で遮る。

「あなたは何も理解していない。飯島さんは、ご登録頂いている男性の中でもトップクラスです。収入・年齢・ルックス・性格、すべてパーフェクト。ただ、ご多忙と真面目すぎる性格ゆえに、結婚相談所を利用してるんです」

「もちろん良い人なのは分かってますよ。2回目のオファーが来たなら、私もお受けするつもりです」

杏子も強気で答える。

直人の言う通り、飯島は中々の優良物件だった。そんなことは分かっている。自分と釣り合うと思える男など滅多にいないのだから、杏子が好感を抱いたということは、それなりのレベルの男だという何よりの証拠なのだ。

「だから……。飯島さんから、2回目のオファーなんて来てませんよ。それどころか、もうあなたの様なタイプの女性は、どうか推薦候補者から外して欲しいと仰(おっしゃ)っています。人のよい飯島さんがそんな意見を寄せられたのは初めてです」

「え……？　ちょっと理解できないんですけど、どういうことですか？」

「杏子さん。そもそも恋愛市場で言うと、あなたより飯島さんの方がずっと市場価値は高いんですよ。分かりますか？　簡単に言えば、飯島さんに好感を持つ女性は、あなたに好感を持つ男性より恐らく10倍ほど数が多い。つまり飯島さんは、あなたよりずっとモテる。これで理解できますか？」

杏子は絶句した。一体、直人という男は何を言い出すのだ。こんな暴言を吐かれるのは、人生初だ。

「ちょっと……。私は料金をお支払いしてサービスを受けているんですよね。これは、モラハラと言うんじゃないですか……」

ショックを受けながらも、杏子は辛うじて反論をした。胸はドクドクと音を立て、心拍数が上がっている。

「そのように受け取られるなら、担当者を替えても、訴えてもらっても結構です。ただ、僕はあなたを結婚に導くという仕事を全力でしているだけです。僕が担当から外れれば、あなたは一生独身である可能性が高くなるだけです」

直人のあまりに高圧的で自信溢れた物言いに、杏子は言葉が出なかった。無言を肯定の意味と受け取ったのか、直人は続ける。

「杏子さん、あなたは自分の市場価値を高く見積もり過ぎている。一言で言えば、痛い勘違い女。もしくはナルシストです。さらに、あなたは男性にかなり高飛車な態度を取られるようですね。勘違いと高飛車が合わさった女性は、どんなに美人でも魅力的ではありません」

「勘違い……、高飛車……？　だって直人さんも、私の市場価値は高いって言ったじゃないですか。それに高飛車って何ですか？　私、飯島さんとは楽しく会話しました。高飛車な態度なんて取っていません」

「たしかに、杏子さんの市場価値は低くはない。まぁ、ランクで言えばBプラスか、良くてAマイナスくらいでしょう。しかし、飯島さんは文句なしにSランクです。これは年齢・職業・外見などを考慮に入れた一般的な意見と思って、きちんと受け止めてください。杏子さんが20代で、かつ性格に問題がなければSランクです」

杏子はさらにドクドクと心臓が音を立てるのを感じ、腸（はらわた）が煮えくり返る思いだった。しかし悔しいが、何故だか言い返せない。

「あなたはご自身が高飛車という自覚がないんですね。では杏子さん。飯島さんはどのような女性がタイプで、どのような結婚を望んでいるかご存知ですか？」

「……それは聞いていません。早稲田卒で、番町にお住まいだとは聞きましたけど……」

「そうですよね。あなたは表面的なスペックだけで、飯島さんに上から目線で好感を持った。だから彼がどのような女性を求めているかなんて全く考えもしないのです。飯島さんの話はほとんど聞かずに、自分の仕事や人生の自慢話ばかりされていたそうですね。コミュニケーションが完全に一方通行だったんですよ」

杏子は、たしかに飯島の学歴と住まい以外に何の情報も得ていないことに今気づいた。

「それに、ブランド物で全身固めていたそうじゃないですか。お洒落(しゃれ)をするのは良いですが、全身ブランド物はやめてください。金のチェーンネックレスと金の腕時計をして、エルメスのセカンドバッグを持った不動産業の男性を想像して下さい。男にとって、ブランド物で固めた女性は、そのような男性と同じ印象に映るんです。過剰なブランド物は、男性を攻撃する武器のようなものです」

杏子は怒りを通り越して、だんだんと悲しくなる。

あの日は張り切ってキメたつもりであったが、自分は金ピカのナルシストで高飛車女に見えていたのだろうか。

「杏子さん。僕の意見は多少キツく聞こえるかも知れませんが、どうぞ真摯(しんし)に受け止め、今後は改善に努めてください。目標は結婚です。最近はキャリア志向の女性を好む男性も多く、知性は長所の一つになり得る。しかし、一番大事なのはＥＱです」

「ＥＱ……？」

「はい、ＩＱではなくＥＱ。Emotional Intelligence Quotient、心の知能指数という意味です。相手の感情状態を察し、理解する能力、そして自分の感情も上手くコントロールする。これは恋愛に於いて最も大事なスキルとも言えます。しっかりと勉強しておいて下さい」

「へぇ……」

「身近でモテる女性がいれば、そういった方から学ぶのも一つの手段です。また、杏子さんは男性慣れしていない。悪いことではありませんが、今後のために、ご自身でも男性と接する機会を積極的に設けてください。場数を踏んで、一緒に頑張りましょう」

うなだれた杏子に、最後に直人は目を見張るほどの煌(きら)めく笑顔を見せた。

散々ダメ出しをされていただけに、そのギャップに驚き、胸が違う意味で音を立てた気がした。

「あ、ちなみに杏子さん、髪の色はいい感じです。しかしピンクは流石に似合わないですね。パープル、ベージュ、水色系が良いと思うので、その辺お気をつけください」

しかし直人は去り際にまたしてもサクッとダメ出しをし、杏子は再び肩を落とした。

# 社内のマドンナ的存在のモテ女に見せつけられた、圧倒的な「モテ」格差

——あの女と私は、一体何が違うの……？

◆

「食事会にイイ男はいないとか、そういった固定観念や高飛車な態度は捨てて、とにかく出会いの機会は逃さないようにしてください。少なくとも、杏子さんはもう少し異性に慣れてください」

婚活アドバイザーの直人に口を酸っぱくして何度も言われたため、杏子は久しぶりに食事会に参加してみることにした。

もちろん、婚活のメインは結婚相談所だ。杏子はその後、自分からも3人の男性に「会いたい」のオファーを出した（自分からオファーなんて出したくはなかったが、直人に強制されたのだ）。

さらに直人は、次のマッチングデートまでに、できるだけ杏子自身でも男性と触れ合う機会を作り、またモテる女の観察をするよう指示した。要は宿題を出されたようなものだ。

もはや婚活とは、受験や就活と同じものなのかもしれないと杏子は思う。

つい最近まで、結婚目当てで食事会を渡り歩いているような雰囲気だけ可愛い系のＯＬを杏子は馬鹿にしていた。エリートサラリーマンに群がるみっともない女たちだと、完全に見下していた。

しかし、それは間違っていたのかもしれない。

彼女たちは、少なくとも杏子よりはずっと早く結婚のハードルの高さを認識し、戦略を練ってアクションを起こしていたということだ。態度には絶対に出さないが、今となっては尊敬にすら値する。

そして実際、彼女たちのほとんどは30歳までにそれなりの相手とゴールインを果たしていた。

果たして自分にも、同じ業が為せるのだろうか。

## 社内のマドンナ的存在の〝モテ女〟の本性

食事会に誘ってくれたのは、同じ会社のバックオフィスに勤める由香という同期だった。

杏子とは同じ大学出身で、付き合いは長い。ふわりと柔らかいオーラを持つ彼女は、いわゆる癒し系として社内でも評判が高く、マドンナ的存在の女だ。

しかし、この女に夢中になり泣かされた男は数知れない。

彼女は昔から、ハイスペックな男たちを掃いて捨てるほど渡り歩いていた。さらには実は既婚を通り越してすでにバツイチ、現在は社内不倫中と噂のとんでもない女である。

由香が結婚を決めたとき、周囲の男たちはこぞって落胆していたし、離婚をするとソワソワと喜んでいた。杏子はそんな彼らに、冷たい視線を送ったものだ。

この業界の男たちは、西麻布あたりに生息する財力でしか男を評価しない甘やかされた女たちが大嫌いだと常日頃から宣言している。それなのに、結局引っかかるのは由香のような「ザ・ゴールド・ディガー」(The Gold Digger)、つまり金目当ての女ばかりなのだ。

杏子は由香のことが嫌いというわけではない。しかし、会社でも女を前面に出し、男たちをあしらいながら要領よく仕事をこなす彼女は、自分とは全く別の人種なのだと一線を引いた付き合いをしていた。

しかし、背に腹は代えられぬ。杏子は絶好のタイミングで由香の誘いに乗ることにした。

退社後にオフィスビルのエントランスで落ち合った由香は、ベビーピンクのノースリーブのサマーニットに真っ白なフレアスカートを合わせていた。

肩にはセットアップのカーディガンをちょこんと乗せ、耳元には静かに揺れる華奢(きゃしゃ)なパールのピアス。よくよく由香を観察すると、直人の勧めるコーディネートそのものである。

「ダメもとで誘ったのに、杏子が来てくれるなんて思わなかった。美人がいると男性が喜ぶから嬉しいわ」

そう微笑む由香のメイクはかなり薄い。アイラインなど、ほとんど引いていないように見える。唇だけが桃色に潤(うるお)っており、それが彼女の童顔と肌の白さを引き立たせ、まるで風呂上りの赤ん坊のように見えた。

「今日はたまたまヒマだったのよ」

杏子は尖った声が出てしまったのを少し後悔しながら、由香と『ミクニ マルノウチ』へ向かった。

## 難解な「モテ」の秘密

予想はしていたが、相手の男性陣は皆、明らかに由香狙いだった。

彼らは医者や経営者といった職種で、失礼でない程度に杏子や他の女性にも紳士的な気遣いを見せたが、由香へのずば抜けた興味は手に取るように感じ取れた。

由香がカーディガンを脱いだりバレッタで髪を無造作に纏めたりするたび、彼らの視線はその白い腕やうなじに釘付けになっている。

「由香ちゃんは、優しいんだね」

「由香ちゃんは、きっと育ちがいいんだね」

そして由香を褒めるときだけ、彼らはお世辞ではなく、うっとりと目を細めた。なぜ彼らは、か弱いウサギのような仮面を被っただけの、この悪女の本性に気づかないのだろうか。

由香はと言えば、特によく喋るでもなく、ヘラヘラと終始笑みを浮かべているだけだ。

「どんなタイプの男性が好き？」と聞かれても、「うーん……どうでしょう……」と中途半端に微笑んでいる。

しかし次の瞬間、杏子はギョッと目を剝いた。

「私、すぐ一目惚れしちゃうから……タイプとか深く考えたことがないの」

由香はそんなセリフと同時に、その小さな唇から赤い舌をペロッと覗かせたのだ。

30歳を過ぎた女がそんな仕草をするなんて、杏子にとっては天変地異と言えるほど驚愕である。

けれど信じられないことに、男たちの目には明らかにハートマークが浮かんだ。さらに彼らはそれぞれ由香の言葉を自分に都合良く解釈したようで、やはり満足気にニヤニヤ笑っている。

——何？　ただ思わせぶりな発言をすればいいってこと……？

杏子は由香の観察に注力したが、「モテ」のセオリーは、やはり上手く解明することが出来なかった。

「杏子、気に入った人はいた？」

帰り際、由香に小さな声で耳打ちされた。その微笑みの裏には、「でも、皆私が好きみたいでごめんなさいね」というセリフが隠されているように思えてしまう。

「うん……。でも私、お食事会ってやっぱり苦手で。数時間じゃ、あまり分からなかったわ」

「そうか……残念。あ、そういえば、私、知樹くんと最近よく会ってるの。杏子と別れたのは少し前だって聞いたけど、一応報告しておこうと思って。また女子会で近況アップデートしようね」

由香は可憐な笑顔と共に最後にサラッと大きな爆弾を落とし、男性陣の一人の医者とタクシーに乗り込み去って行った。

杏子を送ると手を挙げる男はいない。杏子は軽くお辞儀をして小走りにその場から去り、少し距離を置いたところで一人タクシーを捕まえた。

一人になった瞬間、どっと疲れが噴き出した。同時に涙が溢れそうになるのを何とか堪える。直人から出された宿題は、予想以上に重かった。

杏子は今回も、誰からも連絡先を聞かれていない。その上、元彼まで奪われていた。

由香を恨むわけではない。しかし、外見もキャリアも自分より劣る女が明らかに自分よりもモテている様を目の当たりにすると、どうしても心がザワついた。

直人に酷(ひど)いダメ出しをされるよりも、同性から圧倒的な差を見せつけられる方が何倍も辛い。

先日直人に言われた通り、張り切ってラベンダー色のブラウスを着て食事会に挑んだ自分が馬鹿みたいだった。所詮、ピンクの似合う女には敵わないのだろうか。

沈んだ気持ちでタクシーに揺られていると、スマホが鳴った。

――今週土曜日、京王プラザホテル『アートラウンジ デュエット』に13時、正木様とのお時間を設定しました。僕と12時に待合わせ、事前に少し打合せをしましょう。

直人からのメールだった。杏子からオファーを出した男性の一人とマッチングが成功したようだ。食事会で荒んだ心に一筋の光が射す。

――直人に会いたい……。

杏子は、無意識にそんなことを思った自分に驚く。

違う、ただ疲れているのだ。それに、この不可解な由香と自分の差を直人に合理的に解説してもらいたいだけだ。杏子は首を振って思考を正す。

――でも……もし直人が由香を見たら、何ランクって言うんだろう……。

けれど再びそんな疑問が浮かぶと、杏子は悔しさで奥歯を嚙みしめた。

## 自分との戦い。恋愛偏差値の低さを自覚することから、婚活は始まる

同期の由香に圧倒的な「モテ」の差を見せつけられてから、杏子は投げやりな気分になっていた。

元彼の知樹は、由香の毒牙にかかってしまったのだろうか。バツイチのゆるふわOL如(ごと)きに男を奪われるなんて、やはり自分は本当にBランクの女なのだろうか。

鏡に映る寝起きの自分の顔を見つめる。

直人には「ナルシスト」なんて言われたが、やはり自分の顔は、化粧をしていない状態でもその辺の女より（少なくとも由香より）ずっとずっと美しいと思う。

よく旬の女優がラフな部屋着で伸びをしながらコーヒーを啜るような朝のCMがあるが、朝の杏子はちょうどそんな感じだ。

――こんなに美人なのに、私ってなんて可哀想な女なの……。どうして誰も私の良さに気づかないの……。

こんな風に頭の中で呟くことも、直人には「高飛車」と言われるだろうか。

しかし幸い、自分には収入はある。

無理に嫌な思いをして結婚相手を探さなくても、少なくとも将来への経済的不安はない。苦手な婚活に励むより、むしろ得意な仕事に精を入れ、さらに稼ぎを2倍3倍にするのもアリかも知れない。

オフィスにはしょっちゅうヘッドハンターから転職の誘いの電話がかかってくる。あわよくば海外勤務になり、ナヨナヨの日本人男性よりも、もっと男らしいナイスガイを見つけることだって可能だ。

婚活に本腰を入れて1ヵ月弱、杏子は得意の「仕事への逃げ」のマインドを持ち始めた。


**婚活とは、人と比べるのでなく、自分との戦い**

「意外と、根性がないんですね」

京王プラザホテルの『デュエット』で待合せた直人に一連の報告を済ませると、彼は冷めた声で言った。相変わらず、この男のセリフはいちいち杏子の心を逆撫でする。

「まだ大した活動もしてないのに、もう〝仕事逃げ〟ですか」

「……根性って話ではないでしょう。ただ、人として得意分野と苦手分野はあるじゃないですか。私は得意分野の仕事に特化した方が、人生の効率が良いんじゃないかと思っただけです」

直人は呆（あき）れた視線を投げ、軽く溜息をついた。いつものように早口で叱咤されるのを予想していた杏子は、拍子抜けしてしまう。

気まずい沈黙が流れ、ソワソワと落ち着かない。もしや本気で直人を怒らせ、見放されてしまったのだろうか。

「だって……一般的な日本人男性には私の良さなんて分からないんですよ。結局、尻込みされるだけです。海外のお客さんや、日本人だって大手企業の有名な社長たちには、私、結構可愛がられるんですよ。ゴルフ接待でも重宝されるし……」

「では、そういった人種の方とご結婚されてはいかがですか」

そう即答され、杏子は再び返事に困る。今例に出した男たちは、既婚男性ばかりだ。直人はそれを見抜いて嫌味を言っているのは明らかだった。

「杏子さん。僕はね、突然同期の由香さんのような女性になれとは言ってません。そんなの、偏差値40の高校生に東大を目指せと言っているのと同じです。ただ杏子さんには、ご自身の恋愛偏差値は低いと言う事実をきちんと自覚してもらいたかったんですよ」

「恋愛偏差値が低い……？」

「杏子さんは確かに美人だし、小さい頃から勉強もできたのでしょう。仕事能力も高いし、いわば本気で苦労したことはないですよね。あなたの様な女性は周囲から褒め称えられるのに慣れ過ぎて、勉強や仕事に対して努力はできても、人間関係には努力ができない」

「人間関係の努力って、どういう意味ですか？」

「前にも言いましたが、ＥＱが低いんですよ。まぁ簡単に言えば、一緒にいてつまらないんです。つまらないどころか、飯島さんには不快感すら与えていましたけどね。見た目が良くて仕事もデキるからと言って、プライベートな人間関係も上手く行くとは限りません。ご自身の恋愛偏差値の低さは、そろそろ分かったでしょう。今後はきちんと〝努力〟をしてください」

もう嫌だ。直人の言うことを理解しようにも、杏子の本能が拒絶をしている。

そこまで人間性を否定されてまで、結婚を目指す必要性なんてあるのだろうか。男に頼らずとも、自分は十分生きていけるのに。

「杏子さん。子供じゃないんだから、拗ねるのはやめて下さい。これはカウンセリングです。結婚を諦めるのはいつでもできます。ひとまず、これから会う正木さんとの面談は練習だと思って、彼を楽しませるように意識して下さい。頭で考えて〝努力〟するんです。食事会で、由香さんが男性たちを喜ばせていたのを思い出して」

男にとっては清純な、女にとっては邪悪な由香の笑顔を思い出すと、杏子の顔はさらに引きつる。

「まずは自分の偏差値の低さを自覚することも重要なステップなんですよ。それでこそ正しい傾向と対策が練れるでしょう。人と比べるのでなく、自分自身と戦ってください。では」

「え……。待って……!」

そうして直人は呆気なく去って行ったが、「自分自身と戦う」という言葉は、何となく腑に落ちた。

たしかに、結婚を諦めるのはいつでもできる。とりあえず今は、これからのマッチングを成功させねばならない。

**お坊ちゃん医師の理想は「安めぐみ」**

間もなく現れた正木は、先日、杏子からオファーを出した男だ。

正木は一見「イケメン」の部類に入る男だった。整った顔立ちには清潔感があり、質の良さそうなグレーのサマーニットを粋に着こなしている。身長は175㎝弱と見た。

都内の大手病院に勤める医師で、年収は1500万ほどだったか。しかし実家は名古屋の開業医だそうで、お坊ちゃん育ちだとの情報を直人から得ていた。

「彼は正直、杏子さんとの性格の相性は悪いです。しかし、練習と思って面談に挑んでください。お坊ちゃんは、基本的に強く高飛車な女性が特に苦手です。彼の理想は〝安めぐみ系〟の女性ですので、お手柔らかに」

直人のアドバイスを、頭の中で反芻（はんすう）する。

自分
＜＜＜＜
安めぐみ

こんな計算式が頭に浮かぶ。男とは、なんと馬鹿な生き物なのだろうか。

理想の芸能人にしても、お嫁さん候補は柴咲コウや沢尻エリカといった超絶美女ではなく、何となく一般人でも手が届くと思われがちな少々野暮ったい女が人気なのだ。やはり理解ができない。

――まぁでも、模試だと思えばいいのよね……。

杏子は、安めぐみと由香の顔を頭の片隅で想像する。そして彼女たちのように目を細め、目尻と眉が緩くカーブを描くのを想像しながら笑顔を作り、目を輝かせてこちらへ向かう正木を席に迎え入れた。

## 「美人のドヤ顔、超ウケる」ピーターパン症候群的な医者からの、意外な反応

目の前でソワソワと落ち着かない素振りの正木という男は、遠慮とは無縁の好奇心丸出しの視線を杏子に投げつける。

正木は杏子からオファーを出した男だが、単純に医者というスペックと顔が気に入ったのだ。年齢も32歳と、相談所の男性の平均年齢とくらべて若めだ。

「うわぁ、緊張しちゃうなー。杏子さん、超美人！　どうして相談所なんか使ってるの？」

杏子は正木と対面して30秒で苛立った。これは開口一番に聞く質問ではない。

直人に前もって「正木とは相性は悪い」と言われていたが、その通りかも知れない。正木は先日の紳士的な飯島とは全く違うタイプの男であった。

普段の杏子であれば、こんな無礼な質問をされれば途端に不機嫌になり、下手すれば席を立ってしまいかねない。しかし直人の厳しい表情が頭に浮かび、思い留まった。

これは、結婚という目標を達成するための「模試」なのだ。

「仕事が忙しくて、なかなか男性と出会う時間がないので……。正木さんこそ、どうしてですか？」

杏子は直人にアドバイスされた通り、「安めぐみ」を意識した笑顔を崩さないように答える。

「俺はねー、親に勝手に入れられたの。早く孫が欲しいんだってー」

正木は杏子と同い年で、都内の有名大学病院で整形外科医をしているという。

しかし彼の肌は20代と言っても通じるほどツルリと潤い若々しく、くっきり二重の目は子供のようにキョロキョロと動き、落ち着きがない。喋り方も舌足らずで、やんちゃな子供のような印象だ。

――この男、本当に32歳なの？　まるで中学生みたいじゃないの……。

**知らない固有名詞を使いまくる男の、苦痛な会話**

正木は実によく喋る男だった。

喋ると言っても会話ではなく、ひたすら自分の話をしている。この夏は麻布十番祭りに行ったとか、何回海に行ったとか、自分の仲の良い友達がどうだこうだ、とか。

「それでね、ケンジって超面白い奴がいるんだけど、海の家で超酔っ払っちゃってさ、それでマサヨシがね……。あっ、十番祭りのときもさぁ……」

正木の話す内容には、脈絡というものがなかった。頭に浮かんだことが、どんどん口を突いて出てしまうようだ。もちろん、杏子はケンジもマサヨシも知らない。

「へぇ……そうなんですね……」

杏子にとって、このような会話は苦痛でしかなかった。初対面の人間に対して相手の知らない固有名詞を使い会話をする男は、ハッキリ言って馬鹿だと思う。

そもそも麻布十番祭りも海の家も、杏子にとっては低俗な夏のイベントである。30歳を過ぎて人混みの中で安酒に酔って騒ぐなど、杏子には信じ難かった。

――医者が世間知らずっていうのは本当なのかしら。きっと、こういう男をピーターパン症候群って呼ぶのね……。

しかし杏子は、そんなウンザリした気持ちが顔に出ぬよう〝努力〟をした。相手を楽しませる〝努力〟をしろと直人に言われたからだ。

――何でこの私が、こんな馬鹿そうな男の、益のない話を聞かなきゃならないのよ……。

心の中で悪態をつきながら、しかし杏子は笑顔を崩さずに相槌を打ち続けた。それはもはや修行のように思えるほど苦痛な時間であった。

## エリート女の自己PR

「杏子ちゃんは、暇なとき何してるの？」

正木は一通り自分の話を終え、やっと杏子に質問した。呼び名が「杏子さん」から「杏子ちゃん」へと前触れもなく変わっている。

「私はお料理が趣味なので、時間があるときは、少し手の込んだものを時間をかけて料理しています」

安めぐみ系の女と言えば、料理は売りの一つであろう。杏子はたっぷりと微笑んで答える。

実際、杏子の料理の腕はなかなかのものだ。特に料理が好きなわけではないが、レシピ通りに作れば、どんなに難しい料理であっても絶対に失敗しない。

「えー、料理するんだ、得意料理は？　俺食べたいー」

正木は、二重瞼(ふたえまぶた)の大きな瞳をさらに輝かせる。

「好きなのは、豚肉とキャベツの中華風ピリ辛炒めです」

「へー何それ、回鍋肉（ホイコーロー）みたいなもの？」

ふふふ、と杏子は心の中でほくそ笑む。ここは自分の腕の見せ所だ。

「味は回鍋肉に限りなく近く、豆豉（トウチ）や甜麺醤（テンメンジャン）、豆板醤（トウバンジャン）を使って本格的に作っています。普通の人は回鍋肉と呼ぶかも知れません。

でも厳密には、回鍋肉の回（ホイ）とは、〝戻す〟という意味で、塊で茹でた豚を中華鍋に戻して炒めて作る、結構手の込んだ料理なんですよ。私は手早く作りたいときは、茹でのプロセスは省くので、敢えて回鍋肉とは呼びません」

その辺の「得意料理は肉じゃがです」なんて決まり文句を言う女よりも、この回答はずっと上級であろう。杏子は自信満々で説明した。

「へぇ、よく分からないけど、その回鍋肉モドキは美味しいんだ？　っていうか杏子ちゃんて面白いねー。そんな綺麗なのに、相談所に登録してる理由が分かった気がするよー」

正木は相変わらずヘラヘラと、舌足らずな口調で笑い始めた。

「え、面白い……？」

「ちょっと天然ボケっていうのかな。杏子ちゃん、美人のドヤ顔、超ウケるよー。でも俺そういうの好きだよ。ねぇ、また会えるかな？」

「は……ドヤ顔……？」

ドヤ顔という言葉にはカチンと来たが、急に正木に「好き」と言われ、杏子は戸惑った。

いい歳して頭の悪そうな未熟な男だと思っていたが、意外と素直で、心根は良い男かも知れない。それに冷静になれば、無邪気に笑う正木の顔はやはり愛嬌があり可愛らしい。

「あ……また、ぜひ……」

杏子は狼狽えながらも、辛うじて素直に前向きな返事をした。

「じゃあ俺、今日はこれからアキラたちとフットサルの約束してるから、また遊ぼうよ。連絡するねー」

正木はまたしても杏子の知らない人物名で会話を締めくくり、くたびれた革の財布からガチャガチャと現金を取り出し、会計を済ませて帰っていった。

ニコニコと大きく手を振りながら去っていく彼の姿は、やはり悪くはないように思える。

——好きって言われちゃったわ……。

一人になると、急に気分が高揚した。自分なりの「安めぐみ」を意識したマッチングは、きっと成功したのだ。

「綺麗」「すごい」なんて賞賛は毎日浴びるように聞いているが、「面白い」と言われたのは初めてだ。どんな形であれ、杏子自身が男性からきちんと興味を示されたのは久しぶりのことであった。

——あの男の話を聞くのは辛かったけど、私、うまくできたのかしら……？

# 生まれ持った美貌と頭脳だけでは、婚活市場で勝てない。アラサー女の現実

最近の杏子は、度重なる失態に打ちのめされ、本来の自信を失っていた。

正木からは意外にも「好き」という言葉を引き出したが、その後の行方は不安であった。

というのも、一度目のマッチングで「また、ぜひ」と温和な笑みを浮かべていた飯島には知らない間に嫌われていたし、元カレの知樹は同期の由香とデートをしている。

杏子はこのような屈辱を立て続けに味わったことなど、32年の人生の中で、本当に一度もなかったのだ。

学生時代も社会人生活でも、杏子はいつでも勝ち組サイドにいた。

「どうしてそんなに綺麗なの？」と、周囲から羨望の眼差しを受けながら、受験も仕事も難なくこなす。

そして、切磋琢磨と努力を重ねる人間たちを高い空の上から見下ろすように格下の人種と決めつけ、余裕の人生を歩んできたのだ。

　そんな勝ち組人生に違和感を持ち始めたのは、アラサーに突入してからだった。

　20代の頃にはオドオドしていた同年代の男たちは、杏子と対等にエラそうな口を利くようになったし、以前の羨望の眼差しとは打って変わり、呆れ混じりの冷めた視線を向けることすらある。

「羨ましい、羨ましい」と杏子を見上げていた周囲の地味な女たちは次々に結婚し、今となっては杏子を憐みの目で見つめ、まるで「逆転勝ち」と言わんばかりの笑みを浮かべている。

　周囲の者たちの杏子への評価は、少しずつ、しかし確実に変化していた。

　喩(たと)えるならば、フランス革命時のマリー・アントワネットが国民からどんどん見放されていくような感覚かも知れない。

　――生まれ持った美貌と頭脳だけじゃ、勝負できなくなってきた――

　婚活アドバイザーの直人に出会い最近の杏子が薄々感じ始めたのは、いくら恵まれた素材を持って生まれたとしても、アラサーになればプラスの「努力」をしないことには市場で勝つのは難しいという事実だった。

　マリー・アントワネットの二の舞にならぬよう、一般市民のレベルに合わせ、彼らの価値観・感覚を理解する「努力」をし、市場に適応しなければならない。

そうでなければ、婚活市場で不良債権化を起こすという、いわばギロチンの刑が待っているのだ。

マッチングの結果を待つ間の杏子は、真剣にそんなロジックに頭を悩ませ身震いしていた。

それは今の会社の内定を待っていたときよりも、ずっとずっと緊張感があった。

**試合開始前から勝利に酔う女**

「意外です……。正木さんが、もう一度杏子さんに会いたいと言っています。杏子さんはいかがですか？」

そんな矢先に直人にそう報告され、杏子は天にも昇るような嬉しさに包まれた。

まるで新入社員の頃に初めて営業が成功したときのような、新鮮な達成感を感じる。

「え……！　それって、私のこと気に入ったってことですよね……？」

「そういうことになります。少なくとも、今の時点では。杏子さんも前向きに検討するのであれば、電話番号を正木さんにお伝えします。２回目の面会日時は、正木さんからの連絡をお待ちください」

「え、次は直人さん、一緒に来ないんですか？」

「当り前でしょう。1回目の面会で、一応アイスブレークは果たしたことになります。この先僕が同行しても、逆に進展しませんよ。恐らく次の面会はディナーに誘われると思います。もう少し、お互いの関係を深めるために」

「へぇ、では、その後はもう私たち次第なんですね……」

杏子はついつい口元が緩んでしまうのを感じる。

やはり、自分はまだ捨てたものではない。正木は少々幼い性格ではあるが、スペック的には「イケメンのボンボン医師」だ。相手にとって不足はない。

「杏子さん、2回目のオファーを貰ったのは良かったと思います。しかし、ここで調子に乗らないでください。試合は始まったばかりですよ。あなたは単に今までベンチにいただけなんですから」

「失礼な……」

この直人という男は、「婚活を全力でサポート」という大義名分を掲げて、言いたい放題である。しかし正木とのデートを控えた杏子は、本来の強気な姿勢を取り戻していた。

「あっ、直人さん。もしかして、散々いじめ抜いた私の婚活が軌道に乗るのが、寂しいいんじゃないですか？　もし私に対して親心なんかが芽生えてしまってたら申し訳ないことね」

杏子は特別に優雅な微笑みを浮かべ、自慢の美脚をゆっくりと組み替える。たまには嫌味の一つくらい投げたって良いだろう。そもそもこっちは客なのだ。

「はぁ……。本当にあなたって人は……。まぁ、正木さんはあなたのそういう所を〝面白い〟と思ってくれているようです。しかし、どうぞ初心を忘れずに。健闘をお祈りしております」

直人は大きな溜息をつくと、ふんぞり返って座る杏子に向かって軽く頭を下げ、カウンセリングは終了となった。

何度も直人とのカウンセリングを重ねて来たが、杏子は初めて直人に「勝った」と実感し、勝利感に酔いながら帰路についた。

◆

「あ、もしもしー、杏子ちゃん？　オレオレ、俺だよー」

正木からの電話は、オレオレ詐欺のように始まった。前回と同じく、舌足らずの声が耳に響く。

「また会えるの、嬉しいよー。今度の土曜日の夜でもいい？　場所は神楽坂でいいかなぁー？」

神楽坂？　と、杏子はあまり馴染みのない地名を聞き、顔が歪んでしまう。自宅の神谷町からも遠いし、初デートならば、広尾や白金あたりで美味しいイタリアンやビストロに行きたかった。

「あ……、はい……、大丈夫です」

しかし、やはり直人の厳しい表情が頭をよぎった。恐らく否定してはいけない、そう思い直し、とりあえず正木に合わせることにした。

「杏子ちゃん、今、何してるの？」

思いがけず胸がドキッと大きく高鳴った。電話越しに男性から「何してる？」と聞かれるのは、かなり久しぶりのことだった。

「え……、今は筋トレを済ませて、シャワーを浴びたところです」

「へぇ、筋トレもするんだぁ。確かにスタイルいいもんねー！　俺も今ケンジたちとフットサル終わったとこだよー。じゃあ、また前日に電話するねー」

正木はまたしても杏子の知らない人物名で会話を締めくくり、電話を切った。

その後しばらく、杏子の胸には「今、何してるの?」という正木の言葉が響いていた。

# 感情的な女に、「ルールズ」の実践は難しい？
# 中途半端な試みは、失敗の元

――何なのよ、何なのよ……!!

杏子は腸が煮えくり返る思いでスマホを睨めつけている。

今日はいよいよ正木とのディナーを予定している土曜日だ。しかし、今朝からもう数十回もスマホを確認しているが、詳細の連絡が来ない。

杏子は昨日の金曜日から、正木の連絡を心待ちにしていた。普通、土曜日のディナーの予定であれば、前日には詳細の連絡をするのが一般的なマナーではなかろうか。

昨日も仕事そっちのけで一日中スマホを気にかけ、しかも23時を過ぎて我慢できなくなった杏子は、自分から一度正木に電話を入れていた。

――昨日も電話に出なかったし、もう当日の昼過ぎなのに……。あり得ないわ!!

杏子は意を決して、再びスマホの発信ボタンを押す。しかし呼出し音だけが鳴り、留守番電話サービスに切り替わってしまう。

正木は、自分とのデートを目前に何をしているのだろうか。考えたくはないが、今日の予定を忘れてしまったのか。もう一度発信ボタンを押す。やはり応答はない。最後にもう一度だけ……。

杏子は結局、合計7回の不在着信を正木に残し、スマホをソファに思い切り投げつけた。

限界が近づいていた。

**「土曜のデートの約束は、水曜日に締め切る by ルールズ」は正解？**

「私、今夜の正木さんとのディナーはキャンセルしますわ！　直人さんから正木さんにお伝えください！」

耐え切れなくなった杏子は怒りの矛先をどこへ向けたら良いか分からず、婚活アドバイザーの直人に電話をした。

「急にどうしたんですか。まさか、正木さんから連絡が来ないからって殺気立ってるんじゃないでしょうね」

さっそく直人に心の中を見透かされ、杏子は言葉に詰まる。

「だから杏子さん、感情的になるのはやめてください。まだ昼の12時を過ぎたばかりですよ。どうせ予定がないなら、とりあえず待機していてください。夕方まで連絡がなければ、僕の方からも聞いてみるので」

「で、でも……！　私、そんなに都合の良い女じゃありませんわ！　『ルールズ』にだって、土曜日のデートの約束は水曜日までで締め切るべきって書いてありました。それに、私から7回も電話したんですよ！　それなのに連絡がないなんて、おかしいじゃないですか!!」

杏子はヒステリックに食い下がる。そうだ、正木は自分を舐めている。そんなデート、自分からキャンセルしてしまえばいいのだ。それがモテる女の正しい行動だ。

「えっ……7回も電話したんですか？　あなたって人は、本当に……。それにルールズって、あの恋愛本のことですか？　参考にするのは良いですが、杏子さん向きの本ではありませんよ。感情的な女性は、どうせルールズの教訓は守れないんです。それに正木さんはお医者様ですよ。夜勤などで連絡ができないだけでは？　とにかく深呼吸をして、まず心を落ち着けて、夕方17時まで待ってみて下さい」

「この私に、あと5時間も待ちぼうけしろって言うんですか?!」

「杏子さんには難しいかも知れませんが、練習と思って、ゆったりと構えていればいいんです。男性に振り回されないようにして下さい」

「振り回されてなんていませんわ!! もういいです!!」

振り回されるという言葉にカチンと来た杏子は、一方的に直人との電話を切った。もういい。正木から連絡が来ても、今日は予定が入ったと言って断ることにしよう。杏子は断固決意した。

**振り回される女**

「杏子ちゃん、俺だよー。オレオレ。電話いっぱいくれたのにゴメンねー。朝まで夜勤で、電話折り返すには時間が早すぎたから、起きたら連絡しようと思ってたんだぁ。電話番号しか分からないから、LINEもできないし。相談所って不便だねー」

正木から電話が来たのは、14時過ぎだった。

声から察するに、本当に寝起きのようだ。杏子は彼の謝罪の言葉を聞くと、怒り狂っていた自分が急に少し恥ずかしくなった。

が、惑わされてはいけない。自分は決めたのだ。

「あ、いえ……。私こそ、何度も連絡してしまって……。ちょっと他の予定があったので、別の日に変えてもらおうと思って何度もかけてしまったんです……」

杏子は決意した通り、モゴモゴと慣れない作り話を口にした。きっと正木は焦り、杏子にひれ伏してデートを懇願するであろう。

「えっ？　俺が連絡しなかったから……？　そっかぁ、じゃあ今日は会えないのかぁ。残念だなぁー。俺、今日を楽しみに夜勤頑張ったんだけどなぁ。でも俺が悪いし、仕方ないかぁー」

正木にアッサリと引き下がられそうになり、杏子は焦る。

「あ……、で、でも！　だ、大丈夫です。まだ決めていなかったので。今夜、予定通りで大丈夫です!!」

予想外の展開に、咄嗟に下手なセリフを吐いてしまった。直人の呆れ顔が頭に浮かぶ。

「え、本当に？　大丈夫なの？　やったー。じゃあ、場所はどこにしようか？」

一瞬下手に出たものの、杏子はまたしても顔が歪む。正木は前回の電話で「神楽坂に行こう」と言っていたのだ。やはり、まだ店も決めていないのだ。

「えっと……？　神楽坂って言ってませんでした……？」

杏子は苛立つ気持ちを抑え、なるべく柔らかい声で聞き返す。

「あ、そうだったっけ？　神楽坂なら、俺、家から近いから助かるよー。じゃあ19時くらいに神楽坂で待合せでいい？　お店は決めておくね！」

そうして正木は電話を切った。

またしても、モヤモヤ感が杏子の心に巣くう。

——神楽坂を指定したのは、自分の家から近いからって理由だったの……？

『自分から電話をしない』

『男には自分の元まで会いに来させる』

これらも『ルールズ』の教訓の一部であったが、杏子は既に違反だらけだ。

——それにお店が決まってないんじゃ、服装も決めにくいじゃないの……。

そもそも正木は初デートに相応しい店を探し、予約を取ってくれるのだろうか。土曜の夜に店を探して難民化するなんて展開にはならないだろうか。

モヤモヤ感は怒りに変わりかけ、杏子はまたしてもスマホを手に取ったが、そこで「男に振り回されるな」という直人の言葉が頭に浮かび、ハッと我に返る。

——私は……、振り回されてなんかいないわ……！

杏子はあれこれと考えるのはやめ、デートの前にメディテーション（瞑想）ヨガへ行くことに決めた。

## ついに恋の予感?!
## 幼稚男とのグダグダデートは、まさかの展開に……

「杏子ちゃん、ごめんごめん〜。待った？」

正木は17分遅れで待合せ場所の神楽坂に到着した。

シャワーを浴びて乾かしたばかりと見える髪はフワフワと浮いていて、服装はジーンズとTシャツというかなりラフなものだ。

――遅刻したうえに、全然気合いが入ってるようには見えないわ……。

杏子は騒々しい駅前でマノロ・ブラニクのピンヒールで立ちっぱなしで17分も待ったことに、かなり憤慨していた。

「いえ、大丈夫です……」

しかし、婚活アドバイザーの直人や多くの恋愛本によって女は安易にキレてはいけないということを学び、我慢をするという行動を覚えたのだ。

「杏子ちゃん、今日も本当に可愛いね〜」

正木は、ニコニコと無邪気な笑顔を杏子に向ける。杏子はそれに応えるように、同じように笑顔を返してやった。

今日はベージュのノースリーブニットにフレアスカートを合わせ、シンプルに小ぶりのパールのピアスだけを着けていた。家を出る前にチェックした全身鏡には、これ以上ないほど清楚な自分の姿が映っていたことを思い出す。

杏子は気を取り直し、デートに挑むことにした。

正木に連れて来られた『イル スカンピ』は、神楽坂の路地裏にある、小ぢんまりとしたヴェネツィア料理店だった。適度にカジュアルで騒々しい店内に緊張感はなく、通されたカウンターの席は思いがけず居心地が良い。

「ねぇねぇ杏子ちゃん、俺、イカスミ食べたいんだ――」

席に座って早々、杏子はまたしても正木に驚かされた。

初デートでイカスミなんて食材を選ぶ男がどこにいるだろうか。一口食べるごとに歯の汚れを気にしろとでも言うのだろうか。

「え、イカスミ……？」

「ここね、ヴェネツィア料理だから、イカスミ料理が有名なんだって。杏子ちゃんと俺の仲じゃん、細かいことは気にせずに食べようよー」

そう言って、正木は勝手に色々とオーダーを済ませてしまう。悪気は一切ないようだが、女にメニューを選ばせない男と言うのは、いくらイケメン医師とはいえ、いかがなものだろうか。

デート初速から、杏子は正木の欠点ばかりが気になる。

イカスミに始まり、正木は相変わらず食事中も落ち着きがなく、しょっちゅうスマホをいじっている。それも仕事などの連絡ではなく、ただのＬＩＮＥの友達グループとやり取りをしているようなのだ。

その度に会話は中途半端に中断され、正木は「えっと、今何話してたっけ？」と、ヘラヘラ笑う。杏子はいい加減ウンザリし始めていた。

どうして自分のような女が、わざわざ遠い神楽坂まで足を運び、精神年齢の幼い男の相手をしているのか。仮面を貼り付けたような笑みを浮かべながら、杏子はもう二度と正木には会うまいと心の中で誓った。

「ねぇねぇ、ところでさ、杏子ちゃんは、どうしてそんなに結婚したいの？」

「え……？　だって私も32歳だし、彼氏もいなくて、人に勧められたりして……」

「へー、杏子ちゃんみたいな人でも結婚したいんだね。何かさぁ、杏子ちゃんってすっごい可愛いけどさ、結婚したいようには見えないよ。別に困ってもなさそうだし」

「どうしてそう思うんですか？」

「いや何か、微妙な男とは付き合いたくないってオーラすごい出てるし、杏子ちゃんって男と一緒にいるより、独りの方が楽そうな気がする。だって絶対神経質じゃん、杏子ちゃん」

杏子は、心の中にズカズカと土足で踏み込まれたような気分になった。目の前の幼稚な男は、何故だか自分の痛いところを無邪気に的確に突いてくる。

「そんなことありません！　私だって彼氏を作って結婚したいんです！　それっていけませんか?!」

つい感情的な声が出てしまうと、正木は急に腹を抱えて笑い始めた。

「私、何か変なこと言いました……？」

「いや、ごめん……。杏子ちゃん、口が真っ黒で……。あはははは」

すると正木は突然、堪えられない様子で大笑いした。

杏子は急いで化粧室へ駆け込む。そこにはイカスミで真っ黒な口をした自分が映っていた。清楚な恰好をした女に、その顔は滑稽すぎた。

ぶりっ子をやめた女に差した、希望の光

口を洗い席に戻ると、正木は流石に心配そうな顔をし、「ごめんね、ごめんね、怒ってる？」と、子犬のように目を潤ませて謝った。

杏子は既に笑顔も作れず、下手なぶりっ子をするのも、もう御免だった。

「あなたがイカスミなんか食べたいって言うから、こうなったのよ」

杏子は思いっきり正木を睨む。「安めぐみ戦法」なんて、もうどうでもいい。正木とはどうせ先はないのだから、気遣うのはやめだ。

「そもそもね、女性との食事中に落ち着きなくずっとスマホをいじるのも失礼だわ。振動も気になるから、ポケットにしまいなさい」

杏子はヤケになり、白ワインをグッと飲み干す。

「あー、やっぱり杏子ちゃん、ぶりっ子してたんだ！　俺、素の方がいいと思うよ！　変にニコニコしてるより、そうやって人を見下す女王様キャラの方が、ずっと面白いよ！」

正木は反省する様子もなくケラケラと笑い始める。

「あなたこそ何なの、その子供みたいな態度は？　もうイイ歳なんだから、もう少し大人の男の立ち振る舞いを覚えたらどうなの？　あなたの方が私よりずっと結婚は難しいと思うわ！」

「えー、やっぱり杏子ちゃんもそう思う？　俺、どこを直したらいいかなぁ。相談所の人にもよく怒られるんだよー」

正木が素直に認めたため、杏子は直人がするように、彼にあれこれとダメ出しを始めた。

人の話をよく聞いて会話を進めること、デートの詳細は前日までに連絡すること、待合せには遅れないこと。正木は真剣に「うんうん」と杏子の指導に聞き入り、二人の会話は不思議な方向に盛り上がった。

「杏子ちゃん、今日は本当に楽しかったよー。やっぱり俺、杏子ちゃんに会えただけでも相談所使って良かったなぁ。ねぇねぇ、一個お願いしていい？」

食事の会計は、意外にも正木がスマートに済ませてくれた。店を出てしばらく歩くと、正木は甘えるような視線を杏子に向ける。

「何ですか？」

「ハグしていーい？」

杏子が答える前に、正木は思いっきり杏子を正面から抱きしめた。彼の身体からは、少年のような爽やかな香りが漂う。

「杏子ちゃんて可愛いだけじゃなくて、綺麗なお姉さんの匂いもするー」

正木は杏子に抱きつきながら、嬉しそうに鼻をクンクン鳴らせた。

「ねぇ、今度は直接連絡するね。また絶対遊ぼうね！」

タクシーに乗る直前も、正木は杏子の手を握って言った。

杏子の胸は激しく鼓動していた。頭は呆然（ぼうぜん）とし、その日は久しぶりに化粧も落とさずにベッドに入ってしまった。

# 婚活成功の鍵は、「大人」になること?
# 複数同時進行で、相手を見極めろ

杏子は柄にもなく、仕事で何度もミスをした。

滅多にしない物忘れをしてしまい、大事なクライアントとのミーティング中でも身が入らず、つい意識が飛んでしまう。

上司や同僚からも怪訝(けげん)な視線を向けられた。普段は仕事に妥協を許さない杏子に対して、彼らは咎(とが)めるというより「体調でも悪いの?」と、何度も心配してくれた。

——私らしくない、しっかりしないと……。

濃いエスプレッソをダブルで一気に飲み干すが、やはりいつものようにエンジンがかからず、集中力も長続きしない。

優秀な杏子がこんな精神状態に陥ったのは初めてのことだった。不安で心細く、自分が自分でないように思える。

杏子は「魔女の宅急便」のキキが急に箒(ほうき)で飛べなくなり、猫のジジの言葉が分からなくなってしまったシーンを思い出す。

そう、原因は分かっている。あの物語のトンボみたいな男、正木のせいなのだ。

彼を意識すると、杏子は胸のあたりがキュッと切なく締め付けられた。


**同時進行は、婚活に於いて「常識」**


「どうしたんですか、そんなに悲しそうな顔して。いつもの勢いがないですね」

いつものように、直人は丁寧だが愛想のない口調で言った。

「ご連絡した、新しいオファーの方の資料はご覧になりました？　なかなか良い方だと思いますよ。ほら、こちらです」

杏子は生気なく、直人の提示したプロフィールシートに視線を落とす。

そこには、細い目、細い眉、細い唇をした、幸の薄そうな顔をした男の写真があった。まるで一本の線だけですべて書けてしまいそうな顔だ。ジャニーズ顔をした正木の顔とは全く異なる。

「私、また新しい人と会わないといけないんですか……」

「だって、正木さんから連絡がないのでしょう？　その場合は、同時進行で他の男性とも婚活に励むことをお勧めしますよ。ただ正木さんが気になるなら、前回のように杏子さんからも連絡をしてみたらいかがですか？」

「……だって、急患か何かでお忙しいだけかも知れないし、正木さんから連絡するって言われたんです。また会おうねって。それに……」

「それに？」

「いいえ、何でもありません……」

「そうですか。まぁ、だいたい想像はつきますけどね」

「え⁈　べ、別に、私たちはイヤらしいことなんてしてませんよ⁈」

杏子は顔が赤くなる。直人からの的確なアドバイスは欲しいが、実は正木に抱きしめられたと告白するのは恥ずかしかった。

「何かあったにせよ、相談所を使って婚活をしている方というのは同時進行で複数とマッチングを行うのは普通のことなんです。受験や就職活動と同じです。だから杏子さんもそこは割り切って、きちんと活動してください」

直人は平然と言ってのけた。

「え……？　でもそれって、複数同時にデートをするって意味ですか……？」

「相談所に交際報告をしない限りは、そうなりますね。付き合い方があまりに不謹慎な場合は相談所から警告しますが、ある程度は自己責任です」

「そんな……。じゃあ正木さんも、他の方ともデートしているってことですか？」

「個人情報ですので、僕から調べたりすることはできませんが、あくまでその可能性はあります」

杏子は、そんな婚活の実情を上手く飲み込むことが出来なかった。男女関係に於いて「受験や就活と同じだから同時進行もアリ」なんて、とんでもないことではないか。

「そんなにショックを受けないでください。一定以上の男女が婚活を成功させたい場合は、変に恋愛感情を挟まない方が成功率は高いんです。年収、職業、外見で条件を絞るのだってその一環ですよ。よく言われますが、少なくとも相談所では恋愛と結婚は別物です」

「じゃあ、好きになってしまった場合はどうしたらいいんですかっ?!」

杏子はついに声を張り上げてしまった。

「それは正木さんに直接伝えるしかないですね。ウジウジ一人で考え込んでも時間が勿体ないです。僕からお伝えしてもいいですよ」

「ちがいます！　可能性の話をしただけです!!　直人さんは絶対に何も言わないでください!!」

杏子は息遣い荒く、慌てて答えた。直人は呆れたような、憐れみのような表情を浮かべている。

「杏子さん……。何度も言いますが、あなたは結婚したいんですよね？　結婚を目的とするなら、いちいち感情に流されて遠回りするのはやめてください。感情に振り回されてばかりいては、いつまで経っても進展しませんよ。20代とは違うんです」

「じゃあ、どうしろって言うんですか。私、同時進行なんて尻軽女みたいな行為、したくないんですもの！」

杏子は目頭がジワジワと熱くなるのを感じた。悲しいような苛立たしいような、投げやりな気分になっている。

「ムキにならないでください。マッチングで複数の方と会うのが浮気行為のように思えるのは仕方ないですが、では、言い方を変えます。慣れてください。そして、大人になってください。結婚は大人がするものです」

「私が、子供だって言いたいんですか？」

「はい。杏子さんは、まさに子供です。思ったことはすぐに態度や口に出てしまうし、男女間に於いて、一歩引いて冷静に物事を考えたり、判断することができません。もう少し大人になってください」

──大人になる……。

杏子は、ふと考えてみる。

一流大学を出て、一流企業に入社し、高収入を得ている自分は、同年代の他の人間よりもずっと大人の女だと当然のように思っていた。

しかし直人は、自分を子供だと断言する。腹は立つが、そんな指摘をされたことは今までになかった。

「少しは自覚がありましたか？　それで、この桜田さんのオファーは受けますか？　断りますか？　彼は大学教授です。しかし、ご実家は松濤、政治家の多いご家系です。杏子さんとは相性は悪くないと思いますけどね」

杏子はもう一度、桜田という男の一筆書きで描いたような顔を眺める。幸薄そうではあるが、別に不器量というわけではなかった。

「流行りの醤油顔ですね」

直人が適当な発言をしたので、杏子は軽く直人を睨む。

「分かりました。ではそのオファー、受けますわ」

売られた喧嘩を買うように、杏子はそう答えていた。

# 好条件でも論外判定？婚活で最も避けたい「典型的な非モテ男」の正体

週末の夕方、杏子は恵比寿のウェスティンホテルに足を運んでいた。3人目のマッチング相手、桜田に会うためである。

杏子はYOKO CHANのミニワンピースに身を包んでいた。この服は、長身でスリムな杏子の身体をさらに美しく上品に演出してくれる。

ドアマンたちが杏子に送る視線は一段と温かい。当然だ。自分ほどゴージャスに、このハイクラスなホテルのロビーを彩る女も中々いないだろう。

しかしお気に入りの服を着ても、ドアマンたちに賞賛の眼差しを向けられても、杏子の心はイマイチ後ろ向きであった。

待てど暮らせど、正木からの連絡がなかったからだ。

――あの夜は、一体何だったの……。

正木の抱擁を思い出すたびに、杏子の胸の奥はズキンと痛む。

しかしそんな状態でも、悲嘆に暮れている暇など一切ないと直人は言った。

他の男のことで胸を痛めながら新規の男ともマッチングに挑まなければならぬとは、婚活とはなんと酷な道なのだろう。

## 好条件なのに、難アリな性格が災いする男

マッチングも3度目ともなれば、これまでのような緊張感もあまりなかった。杏子はいつの間にやら、婚活初心者ではなくなっているようだ。

慣れた足取りで『ザ・ラウンジ』の席へ向かうと、プロフィール写真で見たのと同じ、一本の線だけで成り立ったような薄幸顔の男が恐縮した面持ちで座っていた。

「……はじめまして……。桜田と申します……。ど、どうぞ、座ってください」

桜田という男は、消えそうな細い声で言った。目線は斜め下の杏子の肩あたりを向いており、どうやら緊張で杏子を直視できない様子である。

「す、素敵なドレスですね……。とてもお似合いです……」

「ありがとうございます」

そんな桜田は、秋と言ってもまだ汗ばむ陽気が続く中、ツイード地のスーツを着て、ネ

クタイまでしっかりと締めていた。

彼なりの精一杯のお洒落なのだろう。しかし、真新しいスーツは彼の地味な顔にはマッチせずに浮いてしまっている。そして、やはり暑いのだろうか。額にはうっすらと汗が滲んでいた。

正直、今までの飯島や正木と比べると、桜田は論外と言えるほど、全く杏子のタイプではない。

いつものように簡単なプロフィール交換、仕事の話で歓談はスタートしたが、杏子は桜田に全く興味を持てない。

目を合わさずに、終始杏子の肩のあたりを見ながら小さな声で話す仕草。面白くもないのに、時たま裏返った声で「フフフ」と笑う癖。桜田が女慣れしていないのは明らかで、その挙動不審さは杏子の神経を刺激した。

結婚相談所に登録した当初、杏子が危惧していたのは、こう言った明らかに女性から需要のない男の存在であった。

しかし、桜田は薄い顔ではあるが、やはり不器量と言うわけではないし、親族には有名政治家も多い、松濤生まれの相当なお坊ちゃんだ。性格さえマトモであれば、女性に苦労することなど絶対になかったであろう。

難アリな性格は、これほど異性に生理的嫌悪感を抱かせるものなのか。杏子は表面的に桜田の話に同調しながら、冷静に観察をしていた。

**話題はひたすら「陸ガメ」。空気の読めない男**

「私の趣味は、陸ガメの飼育です。ギリシャリクガメという種なので、ギリシャ神話から全知全能の神、〝ゼウス〟と名付けました」

桜田の話に適当に相槌を打っていると、話題はいつの間にか、彼の趣味である陸ガメにシフトしていた。

「陸ガメって、すごく可愛い動物ですよ。ゆったりとしたイメージがありますが、エサが欲しいときは必死に素早く動くんです。その姿は何とも愛らしくて……」

杏子はついつい正木のことを考えてしまう。今日、彼は何をしているのだろうか。趣味のフットサルでもしているのか。それとも……。

「あんなに可愛い動物なのに、陸ガメは人間に食べられてしまうことも多いんです。ドラマ『ウォーキング・デッド』でも女の子が陸ガメを生で食べてしまうシーンがありましたし、NHKの『大アマゾン』でも、先住民が陸ガメを食していました。ついつい涙がこぼれてしまいましたよ……」

それとも、正木はやはり杏子のことなど忘れてしまったのだろうか？　もう2週間近くも連絡がないのだ。そうだとしても不思議はない。そんなことを考えると、つい目頭が熱くなってしまう。

「杏子さんも、やはり可哀想だと思いますか？　嬉しいです、陸ガメに興味を持ってくれて……。もし良ければ、今度ゼウスを見に来ませんか？　ゼウスは美人好きなんです。きっとすぐに杏子さんにも懐いてくれると思います！　フフフフフ！」

杏子は甲高い桜田の笑い声でハッと我に返った。

男は相変わらず杏子の顔の少し下あたりを見つめながら、嬉しそうな笑みを浮かべている。よく分からないが、桜田は上機嫌だった。

「そうですか、ふふふ……」

杏子は辛うじて静かに微笑み返したが、限界だった。悪い男ではないだろうが、そろそろ切り上げたかった。

「杏子さん、もしお時間あれば、上の『恵比寿』で、鉄板焼きディナーでもいかがでしょうか？　せっかく話が盛り上がって来たところですし……」

「あっ、ご、ごめんなさい。私、実は今日は会社で少し仕事をしなければならなくて。また是非、ご一緒させて下さい」

「そうですか……、お仕事なら仕方ないですね。では、相談所の方にお願いしておきます。次はゆっくりディナーに行きましょう。フフフフフ！」

◆

——桜田さんは、悪い人ではありませんでしたが、私とはご縁がなかったと思います。

杏子は逃げるように『ザ・ラウンジ』を後にし、すぐさま直人にメールをした。

メールを打ち終わり、杏子はふと気づく。デジャヴだった。そう。1回目のマッチング、飯島とのデートは、まさに今回の逆パターンだったのだ。

お門違いなファッションに、独りよがりの会話。きっと自分もあの桜田のように、当時は相手の意向を汲み取ることなく、空気の読めないコミュニケーションを進めていたのだろう。

それに気づけただけでも、自分も少しは成長しているのだろうか。

秋らしい切ない気持ちを抱え、杏子はぼんやりと恵比寿ガーデンプレイスを歩いていた。夕暮れ時のガーデンプレイスはカップルの姿が嫌でも目につく。

「杏子！」

『ジョエル・ロブション』の前の階段を下りたところで、突然名前を呼ばれた。

そして振り返った瞬間、杏子の胸は大きく高鳴った。

そこには、元彼の知樹が立っていたのだ。

# 傷心の女心に染みる、「元彼」の存在。彼は救世主？　それとも……？

「杏子！」

突然名前を呼ばれ、振り返った先には、元彼の知樹が立っていた。

数ヵ月ぶりの再会であるが、知樹は心なしか男らしさが増し、大人っぽくなったように見える。自分を振った知樹のことは、ここ最近の忙しい婚活の中でもうとっくに忘れたつもりでいた。

しかし杏子は、思いがけず胸が強く締めつけられる。

その理由は、皮肉にも、今目の前にある『ジョエル・ロブション』が、去年の11月の杏子の誕生日を知樹と二人でお祝いした思い出深いレストランであるからだろうか。

「杏子……。相変わらず綺麗だね……。何か女っぽくなった？　俺、ちょうど杏子と話したいと思ってたんだ。こんな偶然ってあるんだな。ちょっと話せない？」

育ちの良さが滲み出る品の良い顔立ちに、男らしい低めの声。懐かしい知樹は、切なく優しげな瞳で杏子を見つめている。以前の別れ際、関係がギクシャクしていた頃は、もっと刺々しい冷たい視線を向けられたものだ。

「もう、話すことはないわ」

しかし咄嗟に杏子の頭をよぎったのは、懐かしさよりも同期の由香のことだった。万一、知樹の口から「由香と付き合うことになった」なんて聞かされたら、自分はまたショックを受けてしまう。

杏子は逃げるように、足早に恵比寿ガーデンプレイスを歩き始めた。

「待って！　俺、杏子のことが、忘れられないんだ！」

知樹の意外なセリフには驚いたが、杏子は足を止めなかった。

**突然エサを出されても、手を伸ばせない女の意地**

その夜、杏子のスマホは何度も鳴っていたが、なかなか見る気になれなかった。

電話を鳴らしているのは知樹の可能性が高いし、もしくは婚活アドバイザーの直人が桜田とのマッチングの事後報告を求めているのかも知れない。

杏子は動揺していた。

知樹との復縁は、婚活を始める前、杏子が最も望んでいたことだった。そもそも結婚相談所などというものに登録し、婚活に奮闘する羽目になったのも、元はと言えば知樹にフラれたのが原因なのだ。

だからと言って、求めていたエサを突然ホイと目の前に出されても、簡単に手を伸ばすこともできない。意地、プライド、嫉妬。様々な感情が心の中でドロドロと渦を巻く。

杏子は、知樹のことが好きだった。

商社マンの知樹の年収は杏子の半分以下ではあったが、外資系証券会社に勤める身としては、彼に堅実さや安定感を感じ、素直に尊敬することができた。それに、同い年の彼には気を許せることも多かったのだ。

しかし気を許し過ぎたのが災いし、知樹は杏子とは反対に「君といると疲れる」と言い、一方的に去ってしまった。またやり直すとしても、同じような失敗を繰り返すのだけは御免だ。心を開いたところで捨てられることほど、精神的に辛いことはない。

そこで、またしてもスマホが鳴る。杏子は深呼吸をして、恐る恐るスマホを手に取った。すると、なんと着信相手は正木だった。

「ねぇ、杏子ちゃん、オレオレー。久しぶり！　突然だけど明日空いてない？　杏子ちゃんに改めてキチンと話したいことがあるんだぁ」

正木の声を聞いた途端、杏子は知樹のことなどスッカリ頭から抜けてしまった。

「明日、大丈夫です……！」

「じゃあ、ランチでもどうー？　杏子ちゃんの便利な場所に行くよー！」

杏子は、この正木のセリフに感動を覚える。前回は遠く神楽坂まで足を運んだが、今回彼は杏子の元まで会いに来ると言う。

「では、お言葉に甘えて……、虎ノ門ヒルズの『ザ タヴァン グリル＆ラウンジ』はどうですか？」

「了解——！」

杏子は、逸る気持ちを抑えるのに必死だった。「改めてキチンと話したい」ことなど、一つに決まっている。明日、とうとう自分は新しい恋人が出来てしまうのだろうか。

知樹との失恋も、飯島の前での失態も、陸ガメ男の悲劇も、無駄ではなかったのだ。ゴールに辿り着くための障害物に過ぎなかったのだろう。

杏子は期待に胸を躍らせ、深い眠りについた。

## 戦慄が走る【ご報告】

「俺さー、とうとう結婚することになったよー」

『ザ タヴァン グリル&ラウンジ』の窓の外に広がる東京の絶景を背に、正木は席に着くなり、何の前触れもなく突拍子もない報告をした。

「いやー、杏子ちゃんのお陰だよー。マジで、ありがとう！」

「は……？」

「俺さ、杏子ちゃんにいろいろ婚活のアドバイスを貰ったじゃん？　言う通りにしたらさ、母親がセッティングしたお見合いが一発で上手く行っちゃったんだよー。俺、一番に杏子ちゃんに報告したくてさー！」

正木は満面の笑みで、琥珀色（こはくいろ）のシャンパンをグイと美味しそうに口にした。それは、折角だからと杏子から勧めたシャンパンだった。

今日これから始まるはずだった、ロマンチックな展開。その幕開けに相応（ふさわ）しい乾杯になる予定だった。

「マリちゃんは名古屋の地元の女医さんだからさ、親も喜んでくれてさー。しかもマリちゃん、ちょっと杏子ちゃんに似てるんだよね！　お姉さんぽいところが」

杏子は全身が硬直してしまったかのようだった。

言葉を発することも、身動きを取ることもできない。辛うじて認識できたのは、初めて耳にする「マリ」という名の女は、正木の婚約者だということだけだ。

婚約者のことを無邪気に幸せそうに話す正木を前に、杏子はただ呆然としていた。

## 我を失った女に近づく男

人間とは、本当にショックな出来事があると記憶が飛ぶようだ。

その夜。杏子はふと気づくと、白ワインを片手に、『クチーナ　ヒラタ』にて知樹に熱心に口説かれていた。

「俺、本当に後悔してるんだ。どうして杏子みたいなイイ女と離れちゃったんだろうって……。あの頃は仕事のことで頭がいっぱいで、俺、おかしくなってたとしか思えないよ」

虎ノ門で正木と別れ、どのようにして家に帰り、そして一体どうやってここまで辿り着いたのだろうか。

「しかも、寂し紛れに由香ちゃんとも遊びに行っちゃうなんて、俺が最低だってことは分かってる。でも俺には、やっぱり杏子しかいないよ。離れて確信したんだ。男ってそういう生き物なんだよ」

杏子は自分の頬に触れてみる。熱い。この白ワインは何杯目なのだろうか。

「そもそも、杏子と由香ちゃんじゃ、比べものにならないことは最初から分かってたんだ。ねぇ、杏子……」

知樹は杏子の手をギュッと強く握り、情熱を込めた瞳でまっすぐに見つめてくる。こんな精神状態でも、由香より自分の方が良いと褒められると自尊心が小さくくすぐられ、ほんの少し救われた気がした。

「久しぶりに会って分かったよ。杏子は本当にイイ女だって」

「うん……」

そうして店を出ると、知樹は杏子をタクシーに乗せ、彼の部屋のある恵比寿へ向かった。

# 元彼との一夜で感じる、至福のひと時。不毛な婚活は、もう、したくない

朝5時過ぎ。杏子が目を覚ますと、隣には知樹が半裸で横たわっていた。

――頭が痛い……。

完全に二日酔いだった。杏子は徐々に記憶を取り戻していく。

――そうだ。私、知樹と寝ちゃったんだわ……。

思い返せば、この週末は疲労の連続だった。陸ガメ男・桜田とのマッチングから始まり、正木に他の女との結婚報告をされ、そして傷心のまま、元彼と一夜を過ごしてしまったのだ。

この行動は、果たして正しかったのだろうか。安易に流されてしまっただけではないのか。杏子は自己嫌悪のような感情に襲われる一方で、しかし安堵感を覚えてもいた。

昨晩、知樹から存分に囁かれた甘い言葉たち。

「やっぱり、杏子が一番だよ」

「俺に本当に必要なのは、杏子なんだ」

「杏子、好きだよ……」

そんな愛の囁きは、杏子の心の傷と疲れに染み入った。

さらに久しぶりに触れた人肌の温もりは、理屈ではない圧倒的な癒し効果があった。性欲どうこうの問題ではない。これまでの辛い婚活を通して、杏子の精神やプライドは思った以上に荒み、自分の価値が分からなくなってしまっていた。

知樹に求められたことで、杏子は少なくとも、自分の存在価値を確認できたのは事実だった。

——もう、このまま知樹と一緒にいればいいんだわ。

勢いに任せてしまったという多少の罪悪感はあれど、杏子はやはりホッとしていた。これ以上、不毛な婚活はしなくていい。もう、したくない。

久しぶりに見た知樹の寝顔は平和そのもので、寝息で上下する彼の身体を見ていると、杏子はほんのりと幸福感すら感じ始めていた。

一旦帰宅して出社するため、杏子は彼を起こさずに部屋を出ることにした。再スタートを切った二人には、時間はこれから十分にあるのだ。

## 復縁には「事実確認」がマスト

昼休み、杏子は婚活アドバイザーの直人に電話を入れた。

「直人さん、私、婚活はもうやめます。今までお世話になりました」

「桜田さんとのマッチングが、そんなに気に入らなかったんですか？　気持ちは分かりますが、しかし諦めるのは早いですよ」

「いいえ、違うんです……。私、実は元彼と戻ることになったんです。だから相談所は退会します」

杏子はなるべく平たい声で、シンプルに伝えた。彼氏ができて浮かれている、単純な女だと思われたくなかった。

「元彼って……？　以前話していた、商社マンの方ですか？　どういう流れでそうなったんですか？」

直人はいつになく前のめりな様子で杏子に詰め寄る。毒舌ではあるが、婚活に親身にアドバイスをくれていた直人。しかし、やはり所詮、結婚相談所のアドバイザーなのだ。相談所以外で杏子に恋人ができてしまえば、彼らに成婚料は支払われない。だから直人も焦っているのだろう。

直人にはだいぶ世話になったので申し訳なくはあるが、ビジネス上は仕方あるまい。杏子は、ざっくりと知樹との経緯を説明した。

「それは……、きちんと結婚を前提に交際を再スタートさせたという意味ですか？　杏子さん、そこは白黒ハッキリさせておくべきですよ」

直人はそれでも食い下がる。

「私たち、以前は真剣に交際していたんです。戻ったばかりで結婚の話はまだしていませんが、彼も立派な大人です。将来を考えていないなんてこと、ありませんわ。一度別れて、彼は私が一番だって気づいたんですもの」

杏子はムッとして答えた。直人の物言いは、まるで杏子が騙されているかのように聞こえる。

「そもそも彼は、本当に杏子さんとヨリを戻したつもりでいるんですか？　杏子さん、冷静に、早めに事実確認をして下さい」

「ちょっと……私は、もう相談所は退会するって言ってるんですよ。侮辱のような発言はもうしないで下さい！　とりあえず、退会手続きはお願いしますね。では」

「分かりましたが、今手続きをされても、サービスは来月いっぱい有効です。何かあれば、至急連絡を下さ……」

杏子は苛立ち、直人の言葉が終わる前に電話を切った。

## ライバル女の〝匂わせ〟

杏子は憤慨していた。

やっと幸せを摑み始めたというのに、直人はなんと失礼な男だろうか。結局、結婚相談所は自分に何の益ももたらさなかったではないか。直人に偉そうに口を出される筋合いなど皆無である。

そこで、スマホが振動した。

『昨日はありがとう。会社には行けた？　俺は眠いです（笑）』

知樹からのLINEだった。ささくれ立った気持ちが一気に温まるのを感じる。

――そうだ、由香にも報告しなくちゃいけないわ……！

杏子は突如、知樹と同期の由香が一時期デートをしていたという事実を思い出した。

以前彼女も杏子に報告をして来たのだから、自分もヨリを戻したと報告し返すのが女の義理というものだろう。杏子は化粧室にてバッチリとコンディションを整え、偶然を装い、由香の部署近くをさりげなく歩いた。

颯爽と歩く杏子に、部署内の男たちは遠慮がちな視線を向ける。杏子は社内でも有名な美女だからだ。

由香は簡単に見つかった。

ふわっとしたベージュのニットに真っ白なタイトスカートを合わせた彼女は、その場にスポットライトでも当たっているかのように一人目立っていた。

ニットからは艶やかなデコルテラインが絶妙な具合で露出しているが、童顔の彼女に似合わぬそのアンバランス感が妙な色気を放っている。

しかし少なくとも知樹にとっては、この女より自分の方が上なのだ。杏子は気持ちが怯まぬよう、背筋をさらにピンと伸ばす。

「あら杏子。久しぶり。元気？」

由香の横を通りすがると、彼女の方から声を掛けてきた。高く潤った柔らかな由香の声は、人魚の誘惑を思わせる。

「久しぶり、元気よ。あっ、私、由香に話が……」

「そうそう杏子、聞いてよ。私、知樹くんと会ってるって前に言ったじゃない？　彼、とんでもない人だったわ。やっぱり杏子って頭が良いのね。早く捨てて正解。あんな人だとは思わなかった」

「え……？」

杏子は動揺が顔に出てしまわぬよう気を付けながら、由香の言葉の続きを待った。

# 元彼・商社マンから受けた、苦い屈辱。港区の壮絶な婚活事情の実態

「知樹くんて、とんでもない人ね」

杏子は意気揚々と由香に知樹との復縁を報告しようとしたところで、思わぬカウンターをくらった。

由香は可愛い顔を知樹への嫌悪感で歪め、身震いをするような仕草をする。

「彼って一見好青年風なのに、物凄くあざとい男よね。私、もう嫌になっちゃったわ」

杏子は全身がスッと冷えるような感覚に襲われる。

これから由香が発しようとしている情報は、間違いなく杏子を傷つける。本能がそれを素早く察知していた。これ以上、聞かない方がいい。適当に理由をつけて、今すぐこの場から立ち去った方がいい。でも……。

「な、何となくわかるわ……。どうしたの……？」

知らぬ方が良いとは分かっていても、しかし、杏子はそう聞かずにはいられなかった。

「知樹くんて、外銀女子を何人も同時に口説いてるのよ。他社の私の友達ともデートしてて、たまたま判明しちゃったの。きっと、ハイスペック系の女が好きなのね。世間って狭いから、そんなのすぐにバレるのに。馬鹿な男」

由香いわく、その友人を通して、知樹に口説かれた女たちが芋づる式に何人も発覚したらしい。女子の噂話はあっという間に広がる。

「彼、私には2回目のデートから、口を開けば〝付き合おう〟とか〝由香ちゃんと結婚したい〟だの、強引に迫って来たのよ。薄っぺらいわよね。食事中も手を握って離さないし、太ももにまで手を伸ばされたんだから」

由香はさらに顔を歪め、「気持ち悪い」と連発した。

杏子は彼女の話を呆然と聞いていた。自分はその「気持ち悪い」男と、つい先ほどまで抱き合っていたのだ。が、それは既に遠い昔のことのように感じる。

「やんわり〝もう会いたくない〟って何度も言ったのに、デートの約束も強引に取り付けようとしてくるの。毎晩電話も来るし、もう最悪よ。一昨日の土曜なんて、断ったのに家まで来ちゃったのよ。マメな男よね。もちろん追い返してやったけど」

由香の家も、そういえば恵比寿ガーデンプレイスの近くだった。ということは、杏子が知樹と偶然の再会を果たしたのは、彼が由香の部屋を訪ね、追い返された直後だったのかも知れない。

「あんなに下心が透けて見える人、絶対に嫌だわ。結局、強引に押せば女は落ちると思ってるのね。彼が杏子と付き合えたのはただのラッキーよね。商社マンなんて、大人しくスッチーとでも付き合ってればいいのに」

由香のセリフは鋭いナイフのように、杏子の胸に何度も突き刺さった。

杏子は居たたまれずにオフィスを離れ、丸の内の仲通りに飛び出した。とにかく、外の空気が吸いたかった。

## 港区の婚活は、戦争である

「やられた」

杏子は、ただ静かにそう思った。

激しい怒りは湧くが、自分でも気味が悪いほど、心は凍ったように落ち着いている。

昨晩、杏子が信じ安堵した知樹のセリフは、由香の言葉を借りれば「薄っぺらい」口説き文句だったということだ。しかも、同時に何人もの女に乱用していたという。

あの日、由香にフラれた知樹の前に、自分はカモネギのようにフラフラと出て行ったわけだ。なんと滑稽な様であろうか。

たとえ半年という短期間であっても、真剣に付き合っていた元彼。

だから、信用しても大丈夫だと思っていた。知樹にとって自分は未だに特別な存在であると、無条件に思い込んでいた。今となっては、付き合っていた頃ですら彼が誠実であったのかその真偽も分からない。

「きっと、ハイスペック系の女が好きなのね」

由香のセリフが杏子の頭の中で甦る。知樹は、まさか自分をそんな括りで見ていたのだろうか。

広いようで狭い、都会のコミュニティ。特に港区近辺での婚活は、もはや戦争のようなものだ。誰も彼もが顔見知りで、小さな噂は瞬く間に広がり、男女は騙し合い、傷つけ合うのを止めない。

友好的に和平協定を持ちかけられ、自分だけは一抜けたと安心しようものなら、このように寝首を掻かれるのだ。

どうしようもないが、そういう世界なのだろう。地球から戦争がなくならないのと、きっと理由は同じだ。

かく言う杏子も、実際、知樹を見くびっていたのかも知れないと思う。

「自分の年収半分以下の商社マン」

そんな男が自分を尊敬しないはずはないし、小賢しい裏切りなど働くわけがない。そう高を括ってはいなかったかと言われれば、素直にノーとも言えない。

しかし、問題は年収ではなかった。流石は日本の国旗を背負って世界で活躍する商社マンだ。杏子はまんまと彼を信用し、嵌められてしまったではないか。

生まれ持った美貌と知性にあぐらをかき、今までどれだけのんびりとおめでたい人生を過ごしてきたか、やっと理解した気がした。

杏子は大きく深呼吸し、スマホを手に取る。

『ねぇ、私たちって、ヨリを戻したんだよね？』

知樹とのＬＩＮＥに文字を打ち込み、一瞬躊躇う。しかし思い切って送信ボタンを押した。

# 女心に混乱を誘う浮気男の言い訳。修羅場で垣間見た、男のズルさ

『ねぇ、私たちって、ヨリを戻したんだよね？』

杏子は思い切って知樹にＬＩＮＥを送信したが、すでに3時間ほど既読スルーされていた。

「知樹にしてやられた」という怒りが、杏子の心の中で沸々（ふつふつ）とドス黒く煮えたぎる。

——まさか、この私が騙されるなんて……！

杏子はどちらかと言うと、美人で仕事もデキ過ぎて隙がなく「近寄り難い美女」と位置づけられてきたはずだ。

よって大衆的に「モテ」はしなくても、少なくとも「人」としては尊敬されており、身体を目的に寄って来る男など、ほとんどいなかったと言って良い。

相当なＶＩＰレベルの年上の男からやんわりと愛人の誘いを受けたことはあれど、同年代の男なんぞに軽く見られるのは初めての経験だった。

——これが、市場価値Bランク女の世界だってこと……？

不本意ながらも、杏子はそう実感せずにはいられなかった。

## 元彼の言い訳

知樹への憎悪が心の中で渦を巻きながらも、杏子は表面的にはやけに冷静だった。

結婚相談所に通う前の杏子であったら、違っていたかもしれない。きっとすぐに喚き散らし、じっとしては居られず、下手すれば彼の元に怒鳴り込んで行っただろう。

「感情的になるな」

「大人になれ」

「主観的に物事を判断するな」

婚活アドバイザーの直人に口酸っぱく教えられた教訓は、知らぬ間に杏子の中で活きているようだ。知樹のことはショックには違いない。けれどこんな事態を意外にも冷静に受け入れている自分は、以前よりも少しはマシになった気がした。

『まだ、起きてますか？』

丸一日以上空いた、次の日の深夜1時。

とうとう知樹から返信が来た。杏子が起きていると返事をすると、知樹は電話をよこした。

「杏子、ごめん。ちょっと仕事でトラブルが起きてバタバタしてたんだ……」

「……そうなの」

知樹は5分ほど、そのトラブルがあぁだこうだと他愛ない言い訳をした。どこまでも白々しい男だと、杏子は最初からシラけた気分になる。

「ところで、俺たちの関係だけど……」

「………」

「杏子は本当に魅力的な女性だし、久しぶりに一緒に過ごして、すごく安心感があったよ。あぁ、やっぱり杏子はいいなって……」

「……そう。それで？」

「そうだけど、でも俺たちももう32歳だろ……？　正式に付き合うのは、見切り発車な気がするんだ。前に一度別れたわけだし……」

「………」

「いや、でも誤解はしないで欲しい。他の女性がどうこうって意味じゃないし、杏子が一番には変わりないんだ。それに最近は〝付き合う〟って意味がよく分からなくなってもいて……」

「……でも、由香には付き合おうって、しつこく言ってたのよね？」

「えっ……」

杏子が反撃すると、知樹はハッと息を呑み押し黙った。

「他にもそういう女性が何人もいるって聞いたわ。もうあなたのことは信じない」

しかしさらに問い詰めると、彼は突然ガラリと口調を変えた。

「そんなこと、一体誰が杏子に吹き込んだんだよ？　もしかして由香ちゃん本人？　やっぱり、とんでもない女だな……！」

知樹はそれまでのションボリと言い訳をするような口調とは打って変わり、怒りを露わに声を荒らげた。

「杏子だって、あの女の悪女っぷりは聞いたことあるだろ？　周りの男を手当たり次第誘惑してるんだよ。あんな女の言うこと信じるなよ！」

知樹がそう言い切るので、杏子は頭が混乱してきた。たしかに由香が悪女として名高いのは事実だ。けれど、わざわざ杏子に嘘などつくだろうか。

「でも……あなた、由香と私を同時に口説いてたのは事実なんでしょ？　それを私が知って、どんな気持ちになったか分かる？」

「違うよ。みんなで飲んでたところにたまたま由香ちゃんがやってきて……つまり俺は、誘惑されたんだ。馬鹿だったのは認める。でも俺が好きなのは杏子だけなんだよ」

杏子はとうとう眩暈がした。

知樹は本気で「誘惑された」なんて思っているのだろうか。あるいは、また杏子を口車に乗せ騙そうとしているのだろうか。

しかし、由香のことはこの際どうでもいい。一番重要なのは、彼が杏子にコミットする気があるか否かである。

「……でも、どっちにしろ私たちはヨリを戻したわけじゃないんでしょ？　あなたの言ってること、私は理解できないわ。いずれにせよ、もう連絡しないで……！」

「いや、違う、杏子。待っ……」

杏子はそこで会話を打ち切り、思いきってスマホの電源を切った。

――私、一体何をしてるの……。

低俗な痴話喧嘩に疲れ果て、杏子はベッドにバタンと横になる。

そして、やっとウトウトと眠りにつき始めたところで、今度は部屋のインターホンが何度も鳴り始めた。

嫌な予感がしてカメラを覗くと、案の定そこには知樹の姿があった。

# 無益な関係は損切りを！婚活の苦難を乗り越え、女は次第に強くなる

「で？　結局、その知樹氏とは、関係は切れていないということで間違いないですね？」

久しぶりに会った婚活アドバイザーの直人は、相変わらずドライな口調でカウンセリングを進める。

知樹とのイザコザに疲れ果てた杏子が頼った先は、結局、結婚相談所だった。よって、杏子はこれまでの経緯を事細かに白状させられていた。

恥を忍んで連絡を入れた杏子に、直人は何事もなかったかのように接したが、相談所を退会すると大口を叩いたことは完全にスルーされている。

直人の顔は全くの無表情ではあるが、しかし、彼は出来の悪い生徒のような自分に心底呆れ、失望しているに違いない。そんな風に思うと、恥ずかしさと虚しさで直人を直視することはできなかった。

「……かと言って、別に密な関係があるわけじゃないですけど……」

直人は冷たい目でジロリと杏子を見据える。猛獣に睨まれた小動物は、恐らくこんな気分になるのではなかろうか。

杏子の心は、この直人の前では丸裸にされているような感覚に陥る。この婚活アドバイザーという結婚のプロに対面すると、いつものように虚勢を張ったり、自分の心に嘘がつけなくなってしまうのだ。

「杏子さん、念のためもう一度確認します。あなた、結婚がしたいんですよね？」

「……はい……」

杏子は俯き(うつむ)ながら、絞るように声を出し返事をした。

「どの面下げて」という言葉があるが、きっと今の自分は、その表現にピッタリな顔をしているだろうと杏子は思った。

「では、当たり前のことですが、知樹氏とは今後一切連絡を取らないでください。婚活の妨げになりますし、僕の立場としても不純異性交遊を知ってしまった以上、きちんと約束して頂けない限りはマッチングはできません」

「ふ、不純異性交遊って……。私、もう32歳ですけど……」

直人は杏子の軽いツッコミを完全に無視し、部屋の外へ出ると、何やら用紙を1枚持って戻って来た。

「この誓約書にサインを」

その用紙を見て、杏子は目を丸くする。それは簡易に作られた、知樹とは二度と接近しないという誓約書だった。

「こうでもしないと、知樹氏の獰猛な誘惑に杏子さんはまた流されるでしょう。馬鹿馬鹿しいと思うでしょうが、書面に残すのは、意志を明確にする一つのツールです。絵馬や短冊に願いを書くのと、同じようなロジックです」

——獰猛な誘惑……。

昨晩の出来事が、杏子の頭をよぎる。

知樹は突然杏子の部屋を訪れ、玄関で押し問答となった。杏子はもちろん突っぱねてやるつもりであったが、知樹に手首を摑まれた瞬間、その熱い体温に気持ちが緩んでしまったのだった。

結局、杏子は寂しいのだと思う。寂しくて寂しくて、仕方がないのだ。

その寂しさに付け入られ強引に求められてしまうと、最終的にはどうしても拒否することができない。頭では分かっていても、「今回だけは……」と、楽な方へと流されてしまう。

「杏子さん。なぜ知樹氏が貴方にしつこく付きまとうのか、その理由がわかりますか」

「え……」

正直、理由を深く考えたことはなかった。というより、知樹がいわゆる〝ダメ男〟であることは認識したが、何だかんだで杏子を必要としているのは事実だと思っている。

「それは……まだ結婚願望はなくても、やっぱり私のことが好きだから……？」

オドオドと答えると、直人は杏子を鋭く睨んだ。

「違います。大ハズレです。基本的に、男という生き物は〝好きな女性〟のためなら何でもします。何かと理由をつけて交際を拒否することもないし、結婚適齢期で経済的に安定した商社マンならばすぐに結婚もするでしょう。それをしないということは、杏子さんは確実に彼の本命ではありません」

「なっ……」

相変わらずの毒舌に杏子は絶句するが、直人は淡々と続ける。

「では、なぜ本命でない女性に執着するのか。それは、単に彼が〝モテ確認〟をしたいからです」

「モテ確認……？」

「はい。思春期にあまり女性と関わりのなかった男性、つまり社会人デビューの方に多いですね。同時に多くの女性を口説き、口説き落とした女性たちもキープしたがります。手軽な女性をその気にさせ、自尊心を保つため〝モテている状態〟を保ちたいのです」

直人の言葉に、杏子はポカンと口を開け呆然としてしまう。

〝モテ確認〟なんて下らない男心も、自分がその一端を担う「手軽な女」呼ばわりされていることも到底理解できない。

けれど直人の理論を当てはめるならば、たしかに知樹の行動には説明がついた。

「お分かりいただけましたか。特に杏子さんのような美人はこの種の男性に目を付けられやすいので、今後もお気をつけください。では、こちらにサインを」

しかし、もう何も言い返す気力はない。

杏子は大人しく直人に従い、誓約書にサインをした。

「杏子さん。婚活が想定以上に辛い道のりだという事は、僕も分かっています。しかし、無益な関係は多少辛くともきちんと損切りのタイミングを見極めるべきです。でないとどんどん深みにハマってしまいます」

「……損切りですか……。相変わらず、分かりやすい喩えをしてくれますね……」

全く、直人の言う通りだった。杏子は反抗する術もなくションボリと答える。

「散々僕のカウンセリングを受けてきたのだから、杏子さんも既に頭では理解しているはずです。しかし、心が折れそうになるときは誰でもあります。もう一度、一緒に頑張りましょう」

直人は最後に、俯きっぱなしの杏子の顔を覗き込み、労わるような眼差しで思いのほか優しげに言葉を添えた。

もっと厳しく叱られ、ダメ出しを浴びせられると杏子は覚悟していた。しかしどうやら直人は、本気で自分を心配しサポートしてくれているようだ。

この戦国時代のような婚活市場で、杏子の味方はたった一人、直人だけであるような気がした。

杏子の頬を、思わず涙が伝う。

すると直人は無言でスッとハンカチを差し出した。

**リアルな市場価値を受け入れ、女は次第に強くなる**

「では、今日はオファーを出す5人を選んでください。今すぐに」

しかしながら、その日直人が優しさを見せた気がしたのは、ほんの一瞬だった。

涙を拭く杏子を前に、直人は次の瞬間にはスパルタを取り戻し、杏子は泣く泣く5人の男を選ばされたのだ。そして翌日、そのうち2人とのマッチングが成功したと知らせを受けた。

――5人中、2人……。私の成功率は、40％ってことなのね……。

他3人は、恐らく杏子のオファーを断ったということだ。杏子はニッコリと優雅に微笑んだ自分のプロフィール写真を思い浮かべる。

あれを見てオファーを断る男がいるなんて信じ難いが、度重なる苦い経験により、「成功率40％」というリアルな市場価値にも、杏子はさほど抵抗を持たなくなっていた。

女はこうして自尊心を傷つけられることに慣れ、次第に強くなっていくものなのだろうか。

直人の仕事の速さは、金融業界のエリートである杏子も脱帽するほどだった。

相談所を訪れた2日後の夜には、さっそく1人目との面会が設定された。おかげで杏子は、知樹のことを思い出す暇もない。

指定された場所は帝国ホテルの『ランデブーラウンジ』だった。初めてのマッチングが行われたのと同じ場所である。

――あれはもう3ヵ月も前のことなのね。また振り出しに戻っちゃった……。

これまでの婚活を振り返ると、つい心がどんよりと曇ってしまう。

重い足取りで席に向かうと、しかし、そこには光り輝くような笑顔をした男が杏子を待っていた。

「はじめまして！　松岡と申します!!　本日はお時間頂き、ありがとうございます!!」

その松岡修造似の男は、杏子が怯んでしまうほどの爽やかさで言った。そういえば彼のプロフィール写真を見たときも、その笑顔が気に入りオファーを出したのだった。

ほんのりと浅黒い肌に、白く光る歯。ピンと伸びた姿勢には品がある。

そして、シンプルなネイビーのセーターにジーンズというカジュアルな服装の上からでも、彼がほどよく筋肉のついた魅力的な体格をしていることが一目で分かった。

職業はスポーツジムの経営だったはずだ。

――なに、この人。スマート過ぎる。超タイプだわ……！

杏子はあまりの好印象に言葉を失い、生まれて初めて「一目惚れ」という感覚に陥った。

# 失神寸前？　超絶スマート紳士のエスコートに、マジで恋する5秒前

――爽やかの塊みたいな人だわ……。

杏子は4回目のマッチング相手である松岡に、完全に見惚れてしまった。

「杏子さんはお仕事帰りですよね？　とりあえず飲み物でも頼んでください。何にしますか？」

コーヒーを、と杏子が答えると、松岡は手際よくウェイターを呼びオーダーを済ませてくれた。少し低めのハキハキとよく通る声に、胸がキュンとときめく。

――相談所で、こんな素敵な人に出会えるなんて……。

1回目のマッチング相手の飯島は悪くなかったが、2回目の正木、そして3回目の桜田は、おそらく「相談所あるある」的な一風変わった人種であったと思う。

だが、今目の前にいるこの松岡といったら、他の男たちとは比べ物にならない。

何よりもまず、爽やかで清潔感のある外見が目を惹いた。少し浅黒く引き締まった肌は、健康的で男らしい。切れ長の目と白く輝く歯も、とても品が良かった。

話し方や立ち振る舞いを見ても、彼が常識ある紳士だと思わずにはいられない。

「杏子さん……？　大丈夫ですか？」

そう声をかけられ、ハッと我に返る。

自分でも気づかぬ間に、杏子は松岡の男にしては美しい手先に、じっと見入っていたのだ。

「いやぁ、こんなに綺麗で素敵な人に出会えるなんて嬉しいな。正直な話、結婚相談所にそれほど期待はしていなかったもので……」

松岡はそう言って、困ったように微笑んだ。

その表情もまた魅力的で、杏子は気を抜くと、ついつい彼に見惚れてしまう。

「わ、私もです……」

杏子はこれまでにないほど緊張していた。

松岡は36歳のスポーツジムの経営者だ。プロフィールシートには、年収は確か１５００万円と記載されていたはず。自営でその収入ならば、経済的にも文句はない。

松岡にとって杏子とのマッチングは2回目だそうだが、彼も緊張しているようだった。

しかし、そんな様子さえも好感度が高い。

〝相談所慣れしていない緊張感〟というのは、そもそも相談所を利用することに多少の抵抗感があり、気恥ずかしさを感じていることの表れであろう。

松岡をザッと一目観察すれば、彼が東京婚活市場において少なくともAランク以上であることは明らかである。相談所など使わなくとも十分勝負できる男だとは思うが、きっと杏子と同じく何か事情があるに違いない。

――私たち、市場価値的にも相性はピッタリなはずだわ。これは早めにクロージングの方向へ持っていかないと……。モタモタしてたら、また他の女に盗られかねない……！

杏子は、もはや当初のような婚活初心者ではない。幾多の失敗を踏まえた上で、今回は慎重に確実に駒を進めねばならないと、心の中で決意した。

## 勝負に出た女

松岡との会話はお互い探り探りで進んでいく。

しかし二人とも変に緊張しているせいか、プロフィール交換のような表面的な会話ばかりでイマイチ盛り上がりに欠ける。

――きっと、この場所が悪いんだわ。この「相談所感」から脱却するのがベターかも知れない……！

もう獲物は逃すまいと、杏子は半ば必死だった。他の女に盗られてしまった正木のときのような失態は二度と繰り返したくない。

杏子はこの『ランデブーラウンジ』をチラと見回してみる。予想通り、同じように相談所にマッチングされたと思しき男女が何組かいた。

ホテルのラウンジはマッチングデートには絶好な使い勝手の場所に違いないが、自分たちのような特別なカップルに、このコテコテ感は似合わない。もっと自然な空間で松岡との距離をうまく縮める必要があった。

そして、杏子は思い切って勝負に出ることにした。

「あの……。もし良ければ、お夕飯をご一緒しませんか？ お会いしてすぐにお誘いするのは失礼かも知れませんが、もし、この後ご予定がなかったら……」

マッチング1回目ですぐに食事に誘うのは、基本的に成功率が低いと思われる。杏子自身も断られたことがあるし、断ったこともあるからだ。

しかし杏子は、祈るような思いで松岡の反応を待った。

「いいですね！ ぜひ食事に行きましょう。ここは少し緊張感がありますしね。とりあえず、出ましょうか」

なんと、松岡は再び輝かしい笑顔で好反応を見せてくれた。

杏子はたちまち小躍りしたい気分になる。素敵な男性と早速ディナーデートにまで持ち込んだ自分を思い切り褒め称えたい。

彼はやはり会計をスムーズに済ませて席を立った。

背は１８０㎝弱くらいだろうか。程よく引き締まった身体は姿勢が良く、マッキントッシュのトレンチコートを羽織った姿はやはり杏子のドストライクの装いである。

「仲通りのイルミネーションはもう見られましたか？　良ければ少し歩いて見に行きませんか？　あっ、失礼。ハイヒールでしたね。やはりタクシーを使いましょう」

すると松岡はサッとドアマンに合図し、杏子を完璧にエスコートしてタクシーに乗せた。彼のスマート過ぎる物腰に杏子は心から感激してしまう。

杏子のような女をこれほど上手にさりげなくレディ扱いできる男は、探しても中々いないはずだ。

「松岡さんは、とても紳士的な方ですね……」

「とんでもない！　相手が杏子さんだから、僕も気が張ってるんですよ」

松岡は控えめに微笑む。

タクシーという狭い空間で彼との距離が縮まると、今度はウッディなコロンの香りがふわりと漂う。杏子は、軽く失神してしまいそうな気分だった。

仲通りのイルミネーションは、想像以上に素晴らしかった。丸の内勤務の杏子にとって、このイルミネーションは特に珍しくもない冬の風物詩である。それに、独り身にはかえって辛いイベントの一つだった。多くのカップルがこの美しい並木道をスマホ片手に歩く中、女一人で早歩きするほど惨めなことはない。自分の行く手を阻む男女には、舌打ちしたい気分になったことが何度もある。

しかし今、杏子はこの超絶スマートな松岡という男にエスコートされ、輝くイルミネーションを見上げている。

このライトに飾られた並木をうっとりと眺める自分の顔は、きっと少女のように可憐に違いない。杏子はどっぷりと幸せな気分に浸る。

「ブリックスクエアの『グリルうかい』に席が取れました。杏子さん、お肉は好きですか？」

杏子がイルミネーションに目を奪われている間に、松岡はまたしても手際よく店を手配してくれた。

「ええ、大好きです」

――松岡さん、あなたが……。

杏子は煌めく並木道の中、完全に恋に落ちていた。

# 不完全燃焼の恋。運命の男に感じる、奇妙な違和感の正体とは

……なんか、変だったわ……。

杏子は何とも形容し難い不完全燃焼感に苛まれていた。

認めたくないのだが、『グリルうかい』での松岡とのディナーは、帝国ホテルの『ランデブーラウンジ』でお茶をしたのと同様、正直あまり盛り上がらなかった。

しかし、お互いに好感を持っているのは間違いないはずなのだ。

それは決していつもの勘違いではない。

普段は前のめりがちな杏子ではあるが、すでに散々男たちとの場数を踏んできた。自分にそれなりの好意を感じてくれる男性くらい、もう肌で感じ取ることができる。

松岡は杏子に敬意を払い、細やかに気遣い、おそらく交際を視野に入れながら慎重に時間を過ごしてくれた。それは杏子も同じである。

上智大学出身で親の経営するスポーツジムを継いだという彼は、育ちも良く、パーフェクトな超優良物件に違いない。高校時代にはイギリス留学経験もあるらしく、スマートな紳士ぶりも板に付いていた。

しかも彼は六本木一丁目に住んでおり、神谷町に住む杏子とは偶然にもご近所さんだ。それでもやはり、何かが妙だった。

会話を始めようとするタイミング、食事のスピード、時々ぽっかりと出来てしまう気まずい沈黙。

どうしてだろうか。松岡と杏子は、間違いなく似合いのカップルのはずだ。市場価値的にも、これほど相性の良さを確信できることは中々ない。

杏子は焦っていたが、松岡からも同じように焦りが感じられた。結局お互いに緊張感が高まってしまい、ギクシャク感を修復することはできなかった。

杏子は食事中、化粧室に行くタイミングすら上手く摑めずに終始ソワソワしていた。食事を終えて松岡にタクシーで自宅に送り届けられた後は、つい肩で大きく息をついてしまった。

無理してずっと笑みを浮かべていたおかげで、顔面が筋肉痛になったように頰がぴくぴくと痙攣(けいれん)する。不本意ではあるが、ハッキリ言ってだいぶ疲れたのだ。

## なぜか億劫(おっくう)に感じる「超優良物件」男

「良かったじゃないですか。松岡さんとのマッチングは上手く行ったんですね。彼は先月相談所に登録したばかりですし、かなりオススメの男性です」

数日後。婚活アドバイザーの直人からの電話で、松岡が杏子との関係に前向きであるとの報告をされた。

「そうですか……。ありがとうございます」

杏子はホッと一息つく反面、またしても身体にピリッとした緊張感が走った。正体不明の違和感である。

「どうしたんですか？　杏子さんはあまり気が向きませんか？」

「い、いえ！　そんなことないです。松岡さんからのご連絡、お待ちしております」

「良かったです。では次のデートで、より関係を深めてくださいね。寒くなってきましたので、どうぞ風邪など召されぬようご自愛ください」

直人はそう言って電話を切った。杏子の不自然な反応を体調不良とでも思ったようだ。

認めたくはないが、松岡との関係を進めるのは少々億劫だった。しかし、あれほどの素敵な紳士を前にして、杏子は自分から関係を遮断する余裕などもちろんない。

年齢や今までの恋愛状況を振り返っても、自分は完全に崖っぷちの女である。

正体不明のモヤモヤ感を直人に吐露したところで、いつものように叱られるに違いない。杏子は腹を括り、松岡との婚活に励むことを決意した。

## 好感はあるのに、嚙み合わない男女

しかし直人に報告を受けてから、松岡からの連絡は1週間以上も来なかった。

あれから杏子は、毎日のように緊張感を持って松岡からの連絡を待っている。しかし完全に肩透かしを食らった気分だ。

「ご連絡差し上げるのが遅くなってしまい、本当に申し訳ない！　急に仕事が慌ただしくなってしまいまして……。また、ぜひ食事をご一緒させて頂けませんか？」

そしてようやく松岡から電話が来たとき、彼は心から申し訳なさそうに謝罪をした。きっと、本当に忙しかったのだろう。

「え、ええ、ぜひ……」

しかしディナーの予定を合わせようとしたところ、二人の予定は、どうも合わない。松岡の出張、杏子の接待ディナーと空き時間が見事にバラバラなのだ。

師走の時期は仕方のないことかも知れないが、松岡と夜を過ごせるのは、結局来年1月の半ばということになった。

クリスマスや年末年始はお互いに空いていそうな気配だったが、先日のギクシャク感を考えると、イベント日は荷が重すぎる。そして可笑しなことに、二人は自然とそんな日はやんわりと避けたのだ。

気が合うのか合わないのか、本当に謎である。

「では、年内にお茶くらいはしましょう！」

けれど二人は無理矢理時間を合わせ、数日後の休日に1時間だけお茶をすることになった。場所は二人の自宅近くの『アークヒルズカフェ』だ。

当日、松岡はやはり期待を裏切らない爽やかさで登場した。洗練された立ち振る舞いに、上品な笑顔。杏子はまたしても胸がときめく。

だがしかし、二人の会話はどうしても盛り上がらなかった。

しかも今回は、二人に与えられた時間はたったの1時間だ。少しでも打ち解けようとお互いヘラヘラしているうちに試合は終了し、「じゃあ、また来年……」と、丁寧にお辞儀し合って別れた。

松岡は前々からの予定で、経営者仲間とこれからトライアスロンの旅行に出かけるらしかった。

**ギクシャク感の原因は、「似た者同士」すぎること**

「お二人は、似た者同士過ぎるのかも知れませんね」

直人は、アッサリと結論を下した。杏子は再度カウンセリングに足を運んでいる。

「松岡さんは本当に良い方ですが、恵まれた環境でのほほんとお育ちになったので、杏子さんと同じく少々残念な性格をしています。正直、恋愛下手です」

杏子はあれほど素敵な男性との関係を上手く進められないことで、またしても酷く自己嫌悪に陥っていた。

だが、「似た者同士過ぎて上手く行かない」という直人の説明は何となく腑に落ち、少しだけ救われた気分になる。

「まぁ、微妙なものに集中して時間をかけても仕方ありません。次のマッチングに進みましょう」

「はい、ぜひ！」

杏子はまだしっかりと婚活モードに入っていた。

もう、同時進行に抵抗を示したりなんかしない。無駄な感情なんぞに振り回されず、しっかりと結婚という目標に向かい突き進むのだ。

「おや、頼もしいですね。では、この彼と予定を合わせましょう……」

直人はニヤリと微笑み、ファイルから新しいプロフィールシートを取り出した。

# 揺れるエリート美女の乙女心。天然ファット・ガイの不思議な魅力

杏子はパークハイアットの『ピークラウンジ』に足を運んでいた。５回目のマッチングに挑むためである。

高層ホテルからの景色は、杏子にほど良い緊張感を与えてくれる。

待合せの時間はピッタリだ。ラウンジをぐるりと見渡したが、それらしき男性はまだ来ていない。

今日の相手は、１つ年下の某大手自動車メーカーの研究員だ。写真で見る限り、外見はまぁまぁ整った顔立ちをしており、真面目そうな印象があった。

５分、10分、15分……。

杏子は既に席についているが、相手は一向に現れない。

今までマッチングは基本的に時間通りに開始されてきたため、杏子は少々神経質になる。苛立ちが顔に出ないようにと、さりげなく深呼吸を続けていた。

「杏子さんですかぁ？」

　すると突然、太った男に話しかけられた。杏子は「えっ？」と驚く。男に見覚えはない。

「あれ？　結婚相談所の、杏子さんじゃないのかなぁ」

　杏子は顔がぴくぴくと引き攣る。

　――まさか、これが今日のマッチング相手？　写真の顔と全然違うじゃないの……！

　目の前にいる男と杏子がプロフィールシートで見た男の顔は、まるで一致しなかった。

　男は写真よりも、かなり丸々と太っていたのだ。

「拝見していたお写真と、少し印象が違ったので……。気づかずにごめんなさい」

　杏子は優雅な笑顔で嫌味と分かるように丁寧にハッキリと言ってやる。

「ファット・ガイですみませんー。写真撮ったときはダイエットしてたんですけど、リバウンドしちゃって。あ、俺、松本タケシです。気軽に〝マツタケ〟って呼んでください」

「えっ、ま、マツタケ……？」

　マツタケと名乗る男は、杏子の嫌味などまるで気にしない様子で言った。明らかに変わった男である。

「あぁ〜、腹減ったぁ〜」

そして彼は杏子がブラックコーヒーだけを頼んでいるにもかかわらず、シレッとアフタヌーンティーセットとコーラを注文した。

緊張感が、まるで感じられない。

これまでマッチングで会った男たちは、少なくとも初対面では、杏子の人並み外れた美しさに感心し、その外見を褒めるのが常だった。

もちろん、マッチングだけに限らない。初対面の男たちは、まず杏子のルックスにひれ伏すはずなのだ。

「杏子さんと俺は、セイムユニバーシティですね」

「は？　セイム……？　あ、マツタケさんも慶應出身なんですね」

――何なの？　このルー大柴みたいな話し方は……。

よくよく話していくと、マツタケは幼少期からのアメリカ育ちで高校は慶應ＳＦＣ（湘南藤沢キャンパス）、大学は理工学部とのことだった。経済学部出身の杏子とは、あまりにキャラがかけ離れている。

この英語混じりの話し方は、気取っているわけでなく天然のようだ。それに研究職という職業柄、社内には外国人も多く、基本は英語でコミュニケーションを取ると聞いたことがある。年収は１０００万以下で、杏子の半分以下……いや、３分の１程度だ。

杏子は男の頭から爪先まで、じっと観察してみた。

背はなかなか高そうだが、とにかく太めである。センスが悪いわけではないが、アバクロのシャツにジーンズを穿いていて、ポーターのバッグを斜め掛けしていた。おまけにコーラをがぶがぶと飲んでいる。

——まるでアメリカの高校生だわ……。

杏子は相談所のマッチング相手らしからぬ男に、どう接して良いかよく分からず戸惑っていた。

しかし慶應生同士が妙な親近感を持つのは常識のようなもので、杏子も例に漏れず、多少その傾向がある。

——それにしても、SFCからの理工学部の人って、こんなに変わってるものなのかしら……。

杏子は大学からの外部生ではあるが、その圧倒的な美貌と華々しいキャリアで、内部生からも一目置かれる存在であった。

## 高飛車女の胸に刺さった、ファット・ガイの誘い

杏子はこの異質とも言える男を、少々顔を歪めながら物珍しくも感じていた。

「うんまぁ！　このスコーン、うまぁ!!」

マツタケは運ばれてきたアフタヌーンティーのスコーンをパクッと一口で食べ、感嘆を漏らす。見た目に違わず、食いしん坊なようだ。

あまりに美味しそうにスコーンを頬張る様子を見て、杏子は警戒心が解れ、ついに笑ってしまう。

「マツタケさんは、どちらにお住まいなんですか？」

「厚木です。今日はロマンスカーで新宿まで来ました」

「あ、では職場のお近くにお住まいなんですね？　今日はわざわざご足労かけました……」

「ノーウォリー。でも実家は成城だから、週末はいつも東京にいるんです。今日も実家に泊まります」

――あら、意外に育ちも良さそう……。

マツタケは次々に運ばれるフィンガーフードやスイーツを絶え間なく食べ続けているが、食事の仕方は上品であった。

「今日はフレンズと六本木でクラビングするけど、キョーコも行く？」

気づけばマツタケのルー語のような可笑しな言葉にも慣れ、会話は意外にも盛り上がっていた。さらに彼は、杏子を「キョーコ」とカタカナの発音で呼び捨てにし、敬語も完全に崩している。

「え？　クラブ？　私、そんなところ何年も行ってないわ。踊れないし、遠慮します」

マツタケに変な下心はないとは思うが、出会ったその日に六本木のクラブに遊びにいくなんて、いくら何でも浮かれ過ぎだろう。

彼とならば楽しめなくもなさそうな気もしたが、軽い女に見られても困る。

「オー、アイシー。じゃあ、明日『君の名は。』を観に行かない？」

「え、映画？　あした……？」

「イエス。俺、まだ見てないんだ」

杏子は今までの婚活をざっと思い返した。

これまで、こんなに早く次の約束を取り付ける男がいただろうか。相談所だけでなく、ここ数年、普通に出会った男たちも含めてだ。

人は大人になると、仕事も含め、何かと予定を詰め込みがちだ。好みの異性に出会ったとしても何となく警戒心を抱き、次の日に会おうなどとは中々思わない。

それは都会の恋愛の「普通の基準」であり、杏子にも無意識に根付いていた。だからか、このシンプルな誘いは不思議と杏子の胸に刺さったのだ。

「明日、大丈夫です……」

マツタケは「Ｙｅａｈ！」と外国人のように答え、右手を高く上げた。

杏子は一瞬戸惑ったが、恐る恐る同じように右手を上げると、パチンと勢いよくハイタッチされた。

# 激しい恋愛感情よりも、「しっくり」がベスト？最後の男は……

最近の杏子は、不思議な安堵感に包まれている。

不安、苛立ち、焦燥感。

ここ数年を振り返ると、杏子はそれらの感情をどうしても自分から切り離すことができなかったように思う。

高収入を得て豪華なタワーマンションに住み、誰もが羨む東京の上質な女としての生活を実現しているにもかかわらず、だ。

東京という大都会の中心で、「ステータス」という煌びやかな階段を上っていくのは信じられないくらいの高揚感がある。

学生時代は憧れるだけだったハイブランドのバッグや靴はいくらでも手に入り、客単価数万円の星付きレストランだって臆することなく通うことができた。

頑張れば頑張った分だけ、杏子を取り巻く世界は実に分かりやすく「物質」で豊かに美しく満たされる。

しかし、ふと立ち止まったとき、杏子の心には木枯らしのような冷たい風が吹いた。無視したくても、無視できない。

いくら環境が満たされていても、杏子の心はどこか寒々しかった。他の女たちの結婚や出産の話を耳にすると、嫌でも心がザワつき尖ってしまう。どんどん素直になれなくなっていく。

杏子は長らくそんな自分自身と激しく必死で戦い、消耗していた気がするのだ。

けれどマツタケ（松本タケシ）と出会ってから、確実に「何か」が変わり始めていた。

**ときめく恋愛感情とはちがう。でも「しっくり」くる**
「あらあらあらぁ～!!　なんて綺麗なお嬢様なの。もう、ハリウッド女優みたいな方じゃない。ターくん、ホラ、杏子さんのコートをきちんと掛けておあげなさい」

マツタケは、母親にも「Ｇｏｔｃｈａ！」といつもの調子で答え、杏子の肩に優しく手をかけた。

自分でも信じ難いのだが、杏子はなんと、成城のマツタケの実家にお邪魔している。

「ダッドとマムがキョーコに会いたいって」と、彼の両親に招待されたのだ。

初めてのマッチングの翌日、二人は約束通り、六本木ヒルズの映画館で「君の名は。」を観た。そこで同じタイミングで号泣したことで意気投合し、かなり盛り上がった。それ以来、マツタケとは3回連続で週末にデートを重ねている。

太った体軀に英語混じりのルー大柴のような話し方、アメリカの学生のようなファッション。マツタケは結婚相談所など使わなければ、絶対に出会うことのない人種に違いない。

けれど二人はお互いに、なぜかリラックスした状態で時間を過ごせる相手だった。

何となく、「しっくり」くるのだ。

収入や外見だけ見ると、正直、マツタケは「都会のハイスペック男子」には程遠い男である。

しかし彼は、日本育ちの男には決して出せないような、海外育ち特有の「自信」や「堂々とした立ち振る舞い」が自然と身についていた。完璧なレディファーストも杏子を何度も驚かせた。

デート内容も悪くはない。食事はもっぱら焼肉が多かったが、マツタケは意外にも多趣味で、ブルーノートにジャズを聴きに行ったり、美術館でのアート鑑賞も楽しんだ。

杏子はマツタケといると、次の日は腹筋が痛くなるほどよく笑った。まるで10代に戻ったような新鮮さだ。

また彼は自動車メーカーに勤めるだけあり、いつもスイスイと自分の車で移動し、送り迎えをしてくれる手際の良さも持ち合わせていた。

杏子を前にすると、大抵の男は怯む。そうでない風に装いながらも、ふとした瞬間に、彼らが心の奥底で杏子に恐れや嫉妬を抱いていることを感じてしまうことがよくあった。同レベル以上の男となると今度はお互いに対抗心が芽生え、プライドがぶつかり合いギクシャクする。

その点において、マツタケはその名の通り、希少な存在としか言いようがない。彼は良い意味で、長所とも鎧とも言える杏子のスペックにほとんど興味がないのだ。

何となく楽しいから、居心地が良くて落ち着くから、一緒にいる。

胸が激しくトキめいたり、切なく締め付けられるような恋愛感情とは少し違うが、彼の前では肩の力を抜き、ただ自然体でいることができた。

――人は見かけによらない……。結婚相手は、こういう人なのかも知れない……。

まだ正式に交際をスタートさせたわけではなかったが、杏子は本能的にそう感じずにはいられなかった。

「それで？　結婚はいつになさるの？」

マッタケ母の突拍子もない発言に、杏子はエルメスのティーカップで出された紅茶を吹き出しそうになった。

「あ……いえ……、私たち、まだそんなんじゃ……」

「今からだと、式場は秋あたりでとりあえず押さえておいた方がいいわね。うちは男の子だけでしょう。私、ずーっと娘が欲しかったの。ターくんはちょっと変わった子だから、私、心配で結婚相談所に登録させたのよ。そうしたら、こんっつなに綺麗なお嬢さんを連れてきてくれるなんて。うぅっ……」

「そ、そんな……お母さま……」

彼女は嬉しさのあまりか、白いレースのハンカチで目頭を押さえ涙を拭いている。隣にいる温厚そうな父親は「すみませんねぇ」などと言いながら、満更でもない表情だ。

マッタケ本人は「アップトゥーユー」などと適当なことを言い、母親手作りのスコーンを頬張っていた。

松本家は、かなり裕福そうな家庭であった。父親は自動車部品を作る中小企業のオーナーらしい。

広々とした一軒家は上質な家具に飾られ、専業主婦である母親の手入れが良いのか、インテリアはセンス良く配置され、温かみを帯びている。

両親の過保護感に一瞬身構えた杏子であったが、やはりなぜだか、彼の実家は「しっくり」と居心地が良かった。

杏子は都内近郊の中流家庭の出身だが、両親は幼少期から「トンビが鷹を生んだ」と言わんばかりに、彼女の知能や美貌を持て余し、完全に放任されて育った。

そんな杏子にとって、お節介とも言えるようなマツタケの母親はかえって新鮮で可愛らしく思え、好感が持てた。

散々自由を満喫してきた杏子だが、他人に深く干渉されることに、実は飢えていたのかも知れない。

◆

帰りの車内では、珍しくマツタケと杏子の間に気まずい沈黙が流れていた。

彼の両親にあれほどお膳立てされたあとでは、さすがのマツタケもプレッシャーを感じてしまったのかも知れない。

「す、素敵なご両親ね。ありがとう。今日は楽しかったわ」

杏子はなるべく自然に話しかける。

「……ほんとに？」

けれどマツタケの口調は何となく素っ気なく聞こえ、杏子の心に焦りが生じる。もしや彼の両親の前で、またしても知らぬ間に失態を犯したのではあるまいか。

「ほ、本当よ。お父様もお母様も、何ていうか……あなたと同じで明るくて人当たりが良くて、心に余裕があるというか……。男性のご両親にお会いするのって、もっと恐いものだと思ってたけど、全然そんなことはなくて居心地が良かった。改めてお礼を伝えてね」

杏子は弁解するように早口で答える。そうだ。少なくとも自分は彼の家族との時間を楽しんだのだ。それだけは伝えておきたい。

「………………」

しかしマツタケは返事をしない。二人の間には再び沈黙が流れ、杏子の心はさらに沈んだ。彼とはこれまでにないほど良い関係を築いたと思っていたが、お馴染みの勘違いだったのだろうか。

「なら……」

思わず溜息を吐きかけたそのとき、マツタケは突如車を止めた。

「結婚、するしか」

「……?!?!」

彼は澄まし顔でサラッと爆弾発言をすると、車を降りてトランクから大きなバラの花束を取り出し、跪（ひざまず）いて杏子に差し出した。

目の前いっぱいに広がる見事な赤いバラを目にし、杏子は言葉を失う。まさか、こんなに早く電撃プロポーズをされてしまうなんて。

しかし、次の瞬間。

一体、自分に何が起きたのだろうか。ふと気づくと、杏子の頭には、なぜか婚活アドバイザーの直人の顔が鮮明に浮かんでいた。

# Chapter 22 結婚とは幸せを摑むものではなく、不幸にならない選択肢

この世界には、2種類の女が存在すると杏子は思っている。

「プロポーズされる女」と、「プロポーズされない女」だ。

前者と後者は、一体何が違うのか。目には見えないその格差は長いこと杏子の頭を悩ませ、苛立たせ、また自尊心を傷つけてきた。

しかし、あれほど渇望していた「結婚」が、今、とうとう自分の目の前に差し出されている。

不思議な心境だった。想像していたのとは、少し違う。身体がフワフワと浮いているような奇妙な感覚だ。それは居心地の悪いものではなかったが、映画やドラマで観るような絶頂の喜びとは、やはり異なる。

2種類の女の境目。杏子はそんな現実味のない場所に立たされているような気がした。

結婚へと向かって行った女たちは、皆同じようにこの場所を通り、向こう側へと渡って行ったのだろうか。

対岸ではマツタケと平和な家族が笑顔で待っており、元いた場所では悪女の由香や元彼の知樹が不敵な笑みを浮かべ、杏子を嘲笑(あざわら)っている。

昨晩はほとんど寝付けなかったが、浅い眠りの中、杏子はそんな夢を見た気がした。

根拠なく高慢で煌びやかで、ルールを知らぬ者はどんどん他者から蹴落とされてしまうような、都心・港区の婚活市場。よくよく思い返してみても、恋愛スキルの低い杏子は、婚活にロクな思い出がない。

自分はいよいよそこから抜け出し、安息の地・成城へと嫁ぐのだろうか。

しかし、杏子が気づいてしまった事実がある。そんな凄惨を極める婚活市場で、誰より自分を支え理解してくれたのは、元彼でも、マツタケでもない。

婚活アドバイザーの直人だった。

**重要なのは、不幸にならないこと**

「今日はどうされたんですか」

相談所の個室で向かい合った直人は、いつにも増して乾いた声で言った。

自分の思いを自覚してしまった杏子は、これまでのように強気な態度で直人と対峙することができずに尻込みしてしまう。

「マツタケ氏とは順調だと伺ってますが、また何か問題でも生じましたか」

「い、いえ……。そういう訳ではないですが、今日は直人さんにお話があって……」

直人の冷たい視線に見据えられ、杏子の声が震える。

けれど、こんな状態でマツタケにプロポーズの返事はできない。少なくとも直人には、杏子の状況を把握してもらう必要がある。

いや、それよりも……直人とこのままビジネスライクな関係で終わるなんて考えられない。

杏子は直人の圧を撥ね除けるように口火を切った。

「私……ここまで来て、ようやくわかったんです。私は直人さんのことが……！」

「杏子さん。一旦、落ち着いて。それ以上口にするのはやめましょう」

しかしながら、直人は強制的に杏子の言葉を遮り、気まずい沈黙が襲った。

杏子はその先を口にすることはできず、行き場のない思いは宙を漂う。代わりに目に涙が溜まり始めた。

「あ、あの……」

「杏子さん、どうぞ傷つかずに、冷静に聞いてください」

直人は相変わらず、整った顔を無表情で固めていた。しかし、目の奥には杏子を憐れむような、同情するような光が見て取れる。

「結婚において、一番大切なことは何だと思いますか？」

杏子は涙が溢れないよう堪えるのがやっとで、返事をすることができない。

「経済力やスペック、恋愛感情が、それほど大切だとは僕は思いません。大事なのは、不幸にならないことです」

「不幸にならないこと……？」

「はい。婚活中の女性は、誰もが〝幸せになりたい〟と無意識に思ったり、口に出したりします。しかし結婚というのは、幸せになるためのものではなく、むしろ不幸にならないための選択肢と思う方が、僕は正しいと思っています」

杏子は直人の言わんとすることが、哀しくもよく分かった。

「マツタケさんと結婚すれば、私は不幸にならないってことですね……？」

直人は杏子の目をじっと見つめたまま、強く頷（うなず）いた。

「大丈夫です。前に進んでください」

「マリッジブルー」などと言うと大袈裟だが、女というのは、いざ結婚が決まると自分を出し惜しみしたくなる生き物なのだろうか。

◆

マツタケからバラの花束を贈られた後、杏子はハッキリと返事ができず、しばらく混乱していた。しかし彼は相変わらず余裕の素振りで、プレッシャーをかけたり焦ったりする様子もない。

マツタケは知れば知るほど器用な男で、杏子は何となく、自分が彼の掌でうまく転がされているような感覚があった。

彼のアメリカンフレンズが経営するという西麻布のバーに連れて行かれたときは、そこにあったダーツやビリヤードのゲームで見たこともないハイスコアを叩き出し、カラオケでは井上陽水からブルーノ・マーズまで、幅広く完璧に歌う。

杏子は人見知りの気があるが、マツタケはとにかく友達が多く、どこへ行っても人気者だ。

直人の言う通り、マツタケとの結婚に、不幸になる要素はなかった。

## 壮絶な婚活は、決して無駄ではない

最終的に、杏子はマツタケとの結婚を決意した。

マツタケや彼の両親はもちろんだが、杏子が驚いたのは、放任主義だと思っていた自分の親が泣いて喜んだことだ。

一風変わったファット・ガイを両親に会わせるのは不安だったが、パレスホテルの『琥珀宮』で行った両家顔合わせでは、マツタケもお互いの家族も初対面とは思えないほど仲良くなった。

都会のど真ん中で女一人、肩で風を切るように生きてきた杏子だが、「結婚」によって一番胸に染みたのは、月並みだが家族の温かみかも知れない。

そして結婚相談所には、杏子は20万円ほどの成婚料を支払い、直人とはそれきりになった。

正直、結婚を金で買ったような違和感もあり、直人と離れるのは酷く寂しかった。

しかし杏子はこの婚活を通して、いや、直人と出会ったことによって、未熟であった自分自身と向き合い、人間として成長した気がする。

杏子は今、秋にパークハイアットで予定している結婚式の準備を楽しんでいる。両家の母親と一緒にウェディングドレスや指輪を選び、マツタケとの新居探しで大忙しだ。

どう振り返ってみても、杏子にとって婚活は険しく困難な道のりだった。けれど受験や就活と同じく、苦労すればするほど、その有難みも実感できるものだと思う。

もしも当初の未熟な杏子のまま運良く結婚に辿り着いたとしたら……、きっと次は結婚後の弊害に悩まされただろう。

そうして杏子は長い長い壮絶な婚活の末、ついに幸せを摑んだのだった。

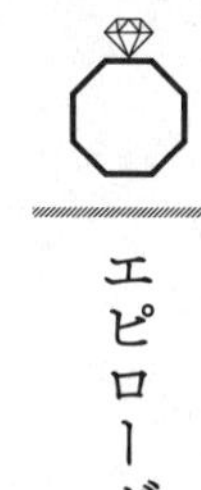

# エピローグ

「3ヵ月以内に、年収3000万以上の男性と結婚させて下さい」

カウンセリングルームで直人と対面した新規の女性客は、そんな寝言のようなセリフを平然と口にした。

40歳を過ぎた独身女性で、外見は「明らかに普通以下」であるが、某出版社でかなりのキャリアを積み上げているそうだ。

直人の仕事は、その類の女の価値観・考え方を結婚向きに根本治療することである。客観評価と自己評価のバランスというのは、婚活において非常に重要となる。

直人の客に多いのは、

「客観評価（60点）－自己評価（100点）＝マイナス40点」

といった点数の女たちだ。

直人流カウンセリングとして、最初に客をこの公式に当てはめてみる。そして絶対値が

20を超える場合は、少々の荒療治が必要となった。(自己評価が低すぎるのも、婚活において不利である)

直人はふと、以前この相談所に通っていた杏子という女性を思い出す。

「客観評価(90点)−自己評価(150点)=マイナス60点」

こんな稀な評価を下した、おそろしく高飛車な客だった。

人一倍美しく世間的には超エリートだが、中身は非常に幼く、すぐに情緒不安定になる。しかし、彼女はプライドを投げ捨て必死に婚活に励んだ人間味のある女性だった。直人はついつい、必要以上に世話を焼いたものだ。

デスクの引き出しを開け、先日送られてきた年賀状を眺める。

そこには相変わらず丸々とした松本タケシと、ウェディングドレス姿の杏子が写っていた。棘がすっかり抜け落ちた彼女はさらに美しく、柔らかな表情で幸せそうに微笑んでいる。

柄にもなく、直人の胸はチクリと小さく痛んだ。

Moody marriage

Side-B

—— Yuka Yasumoto

# 東京婚活ミラクル

Tokyo Marriage Miracle

安本由佳

Medical Records

| 名前 | 年齢 |
| --- | --- |
| 亜季 | 30歳 |

職業

PR会社勤務

崖っぷちポイント

深夜の誘いに乗ってしまう弱さ

# 24時からの誘いに乗る女は〝立ち食いラーメン〟の価値しかない

金曜の夜。力尽き果て横たわったベッドの上。仰向(あおむ)けになり睡魔に引き込まれていく途中で、亜季はある男からの誘いを受け取った。

「亜季ちゃん、今どこにいる?」

スマホ画面の表示は23:46。

差出人は、3週間ほど前に食事会で知り合った商社マン、祐也だ。

会の中盤、仕事らしき電話に出る様子で一度席を立った後「俺、ここ座ってもいい?」そう言ってさりげなく亜季の隣に座った男。

彼はあからさまに口説いたりはしなかった。ただ笑いが起こるたびに振り返って目を合わせてくる。時々、ごく自然なそぶりで腿(もも)に手を置いたりもする。

その笑顔が、しぐさが、無邪気で無防備で気になった。

彼のルックスも特別好みじゃない。亜季は背の高い男性が好きだが祐也は小さめだ。

それでもつい心を許したくなってしまう、ずるい男だった。それはつまり遊び慣れているということなのだけれど。

ベッドから1Kの小さな部屋を見回すと買うだけ買って読んでいない雑誌や、今朝悩んで着るのをやめたニットやバッグが出しっぱなしになっている。

今から出かけるなんて正直面倒だ。祐也の下心も透けて見える。

しかしいったい何のために13万の家賃を払って恵比寿に住んでいるのか。それは、いつだって戦闘可能な女でいるために他ならない。

「……よし、出動だ」

わずかに残る気力を振り絞って声に出し、亜季はクローゼットから胸元がVに開いたニットワンピースを取り出した。

**翌朝9時。待っていたのは、予想通りの結末**

「ごめん、今日朝から予定があって。……じゃ、また」

シティホテルの一室。雑にひかれたカーテンの隙間(すきま)から差し込む光が、まだ直視できない現実を教えている。

亜季の胸の内とは裏腹に、今日はとてもいい天気のようだ。

「うん。……また」

乱れた髪を、メイクを隠すように、亜季はシーツの陰から男の様子を窺った。

――面倒なことを言わないでくれよ――

そそくさと逃げるように去る男の背中に、そう書いてあるのが見える。

祐也と、もう会うことはないだろう。

◆

昨夜24時30分を過ぎた頃。恵比寿駅近くのバーで待ち合わせた祐也は、既にかなり酔っていた。

「亜季ちゃ〜ん、来てくれて嬉しいよ〜」

何の抵抗もなく名前で呼び、会うなり肩を抱いてきた祐也からは煙草の匂いとともに刺激に満ちた香りがして、亜季は自分が彼を拒否できないことを悟った。

祐也は亜季の家に来たがったが、酔っていてもそれだけは断固阻止。初対面に近い男を家に上げるのは躊躇(ためら)われるし、そもそもあんなに散らかった部屋には誰も入れられない。独身だし彼女はいないと言っていたけれど、それも今となっては本当なのかどうか。渋々でも結局ホテルの部屋をとったのは、自分の家に上げられない事情があったからかもしれない。

——ああ、もやもやする。

別に、傷ついてなどいない。傷つくほど彼のことをよく知らないのだから。知っているのは亜季より2つ年上の32歳だということ、商社マンだということ、そして神楽坂に住んでいること。そのくらいだ。

さっさとシャワーを浴びて、一刻も早く私もこの虚無から脱出しよう。

「……別にあんな軽い男。こっちから願い下げだっつーの」

自分に言い聞かせるよう声に出し、亜季はベッド脇に落ちた下着を拾い上げた。

◆

祐也事件があった翌週、仕事を終えた亜季は広尾へとタクシーを飛ばした。明治通りで車を降り『小野木』の看板を確認して大きな木の扉を開ける。階段を上がると、カウンター奥の席に女子力の塊のような女性、さとみが品良く座っているのが見えた。

さとみとは仕事を通じて知り合った。亜季がプロモーションを担当している食品メーカーでインスタグラマーを使ったPRを行うことになり、その際にお料理上手な美人主婦・さとみを発見。コンタクトを取ったのがきっかけだ。

亜季の今一番の目標は、さとみである。稼ぎの良い夫を持ち（さとみの夫は歯科医）、高級マンションで悠々自適に暮らす主婦。仕事は続けてもいいのだが、家賃と生活費を稼ぐ生活からはとにかく早々に脱したい。

亜季を認めると、さとみはきゅっと口角を上げ、顔の横で小さく手を振った。ああやって微笑まれて喜ばない男はいないだろう。

「次のデートで絶対真似しよう」と心の中で呟きつつ、亜季はさとみの元へと急いだ。

## 行列に並んで食べるラーメンが美味しいのはなぜか

さとみは聞き上手で、つい喋りすぎてしまう。

生牡蠣とシャンパンから始まり『小野木』名物・オマール海老の炊き込みご飯に辿りつ

く頃、亜季はまだ消化不良となって胃もたれしている祐也事件を洗いざらいさとみにぶちまけていた。

彼女は終始笑みを絶やさず適切なタイミングで相槌を打ってくれていたが、亜季が一通り話し終えると、艶々と潤った唇をおもむろに開いた。

「行列に並んで食べるラーメンって、特別美味しく感じるものよね」

脈絡のない発言に、その言葉の真意を理解しかねていると、さとみは正面を向いたまま静かに続けた。

「あれって、並んでまで食べた自分を納得させたくて、そう思い込んでいる部分が大きいと思わない？　時間やお金を費やして得たものは価値があるって思いたいから。……逆に、実はものすごく贅沢なラーメンでも、安く手に入れて適当に食べたらそれなりに感じてしまうんじゃないかしら」

さとみの言いたいことをようやく理解し、亜季の胃もたれはさらに悪化する。

24時に呼び出され、ほいほいホテルにまでついていった亜季は、祐也にとって安い立ち食いラーメンに成り下がってしまったということ。店名も記憶に残らず、立ち寄ったことすら忘れてしまうような。

「でも私、別に祐也のこと好きじゃないし。どう思われようが……」

苦々しい気持ちを払拭したくて力なく反論したが、さとみにぴしゃりと遮られてしまった。

「そりゃあそうよ、一、二度会っただけだもの。でも好きになる可能性はあった。お互いにね。なのに、可能性の芽を自分で早々に刈り取った」

ふいに、祐也の無防備な笑顔が思い出された。

その残像は亜季の胸を切なく締め付ける。けれどもその痛みが示す感情を認めるにはもう、遅すぎた。

さとみと別れ恵比寿の自宅に戻った亜季は、力なくベッドに倒れ込んだ。

小さな部屋に無造作に置かれたままの、まだ読んでいない雑誌が目に入る。

亜季と同じアラサー女子をターゲットにしたその雑誌の、表紙にでかでかと書かれた見出しを見て、亜季は失笑した。

『今年こそ、結婚する！』

日本全国に何千何万と存在するであろう、見知らぬ戦友たちの並々ならぬ決意。

勝手に仲間意識を感じた亜季は、言い訳をしている場合じゃないぞ、と自分に「カツ」を入れる。

「24時の誘いは、断る一択」

誰もいない部屋でひとり呟き、亜季は大きく頷(うなず)くのだった。

Medical Records

| 名前 | 年齢 |
|---|---|
| 直美 | 29歳 |

職業

弁護士秘書

崖っぷちポイント

結婚したくて「都合のいい女」に
なってしまう

# 〝結婚ゴール〟の誤算。いい女を演じても愛されない

「お誕生日おめでとう。ホント、直美みたいにいい女はいないよ」

29歳の誕生日。付き合って1年になる彼・智久は、そう言って満足げに微笑んだ。しかし智久の口から、直美が一番期待している言葉が出てくる気配はない。

彼はお祝いにと、ずっと憧れていた西麻布の『レフェルヴェソンス』を予約してくれた。だが直美の心はまるで満たされない。「いい女」なんて言葉よりも高級フレンチよりも、29歳の直美が待ち望んでいるものはもっとほかにあるから――。

智久は大手広告代理店に勤めており、高身長＋ジャニ顔の甘いルックスも含めて直美の好みど真ん中だ。

マッチングアプリで彼を見つけた瞬間に一目惚れした。だが、女たちの欲しがるステータスを併せ持つ男だ。ライバルが多数いるであろうことは容易に察しがついた。

一方の直美は、虎ノ門の小さな事務所で働く弁護士秘書。ルックスも中の上を自認している。

そんな女のことなど彼は相手にしないだろう。そう思っていたので、彼のほうからデートに誘われたときは飛び上がる思いだった。

直美はもちろん、交際当初から結婚を意識していた。

「直美みたいにいい女はいない」

彼がそう言うのは当然だ。直美は出会った瞬間から今までずっと智久好みの「いい女」を演じているのだから。

仕事が忙しい智久と会うのはもっぱら、目黒にある彼のマンション。電話があると家に行き、料理を作ったり掃除をしたり、常に智久の都合に合わせている。

直美が我慢することで丸くおさまるなら、それで良い。下手に本音をぶつけて関係が壊れてしまっては元も子もないのだ。

直美の望みは、ただ一つ。智久と結婚することだから。

**男が言う「いい女」の真意は**

金曜の夜、直美は珍しく食事会に顔を出していた。

しかし直美は目の前の男性たちにまったく興味が持てない。

もともと今日は智久と食事に行くはずだった。「急に接待が入った」とドタキャンされ、そのことを秘書仲間の絵梨に愚痴ると「ちょうど1人足りなかったの！」と無理やり食事会に連れてこられたのだ。

「直美ちゃんは彼氏いるの？」

ふいに隣の席の男に声をかけられ直美はとまどう。

「望月さん、残念ながら、直美は彼氏いるんですぅ〜」

すると絵梨が正面からすかさずそう言って、ぷるぷるピンク色にテカった唇を突き出した。

「おっと、それは残念だな。俺、直美ちゃんみたいな奥ゆかしいタイプの子、好みなんだけど」

直美に穏やかな笑みを向けサラリと言う望月に、絵梨は「じゃ、私は無理ですね」と笑い、さらに突拍子もないことを口走った。

「ねぇ直美。この際、望月さんに乗り換えたら？」

その顔は、良い事思いついた！　といわんばかりの得意気な様子。帰国子女の絵梨は直美とは正反対のタイプで、思っていることをそのまま口に出してしまうのだ。

「なっ……乗り換えるなんて、そんな。望月さんに失礼だわ」

すみません、となぜか直美が望月に謝る。それなのに絵梨はまったく意に介さぬ様子。直美の許可も得ぬまま、智久との恋愛事情を勝手にぺらぺら話し始めてしまった。

彼は32歳のイケメン代理店マン、直美の29歳の誕生日にもプロポーズの気配なし。しかも最近、浮気疑惑がある……などをとうとうと並べたて、最後に訳知り顔で「そうよね、直美？」と言うのだ。

絵梨に同意を求められ、直美はもはや諦め顔で頷く。ここまで遠慮なく洗いざらい喋られてしまうと、もうどうにでもなれという気分だ。

「浮気疑惑？」

望月が目を丸くして問う。

実は誕生日の少し前に、智久の部屋で見知らぬピアスを見つけた。しかし直美は彼を追及したりせず気づかぬフリを貫いている。下手に詮索して智久と揉めたくないのだ。

不安になっても、結婚相手に選んでもらえればそれで良いと言い聞かせている。

「追及しないなんて、直美ちゃん、いい女だなぁ〜」

望月がしみじみ言うと、絵梨が再び口を開いた。

「……それ、いい女っていうか、都合のいい女でしょ？」

わざとらしく目を細め、ぴしゃりと言い放ったのだ。その一言で皆は一斉に笑ったが、直美はまったく笑えなかった。

——都合のいい女——

絵梨の言った言葉が、頭の中でぐるぐるまわる。

直美が結婚を意識していることは智久も最初からわかっているはず。しかし29歳の誕生日にも、彼の口からは結婚の「け」の字すら出なかった。

直美が智久の勝手を許すのは、結婚を視野に入れているからこそだ。しかしその思いが、相手に都合よく利用されていると言うのか。

救いを求めるようにふと隣を見ると、望月は皆と一緒に笑うことなく、無言で赤ワインを口に運んでいた。

翌日、直美は智久のマンションのエントランスでひとり立ち尽くしていた。インターホンを鳴らしても、中にいるはずの彼が出ないのだ。

直美の手には、付き合い始めたばかり……まだ智久が今よりも優しかった頃にもらった合鍵がある。これで勝手に入ることもできるのだが、なんとなく嫌な予感がする。

帰った方が良い。いつもならそうしていると思う。しかし昨日の絵梨の言葉が直美をけしかけた。

——都合のいい女のままでいいの?

唇を噛みしめ、直美は衝動的にオートロックの扉を開けた。

「……何で勝手に入ってきたの?」

どう考えても非があるのは智久のはずだが、彼は仏頂面でそう言った。

自分のしたことを棚に上げ、気に食わぬ行動をした直美を責める、自分勝手な男。その顔を見て直美は「百年の恋も冷める」とはこのことだな、とやけに冷静に思った。

案の定、部屋には別の女がいたのだ。25~26歳だろうか。直美とはまったくタイプの違う、派手で気の強そうな女。

その女は、部屋に入ってきた直美を一瞥(いちべつ)すると「もう連絡してこないで」と顔に似合わぬドスのきいた低い声で智久に告げ、ドアを荒々しく開けて出て行ってしまった。

後に残された二人の間には、時が止まったように重苦しい沈黙が流れる。

謝る素振りも見せずふてくされている智久に冷たい視線を送りながら、直美は自分に問いかけた。

私は彼を、智久を愛していただろうか。結婚に執着し、スペックばかりに目をむけて彼の本質を無視していなかっただろうか。

智久の弱さもずるさも、本当は全部知っていた。それを見て見ぬフリをしてきたのは他でもない直美自身で、自ら都合の良い女に成り下がっていた。そのことにようやく気が付いたのだ。

「……私、もうこれ以上都合のいい女ではいられない。終わりにしよう」

小さな声しか出なかったが、智久の目を見てはっきり告げると直美は家を出た。彼は追いかけてこなかった。

マンションの廊下にカツカツとヒール音が響く。その無機質でリズミカルな音が、不思議と心を鎮めてくれた。

――都合のいい女はもう、やめる。

妙に清々しく、すっきりした気持ちで智久のマンションを後にしたその時、ＬＩＮＥの着信音が鳴った。

「来週、食事でもどう？」

捨てる神あれば拾う神あり。それは望月からの誘いだった。

Medical Records

| 名前 | 年齢 |
| --- | --- |
| 敦子 | 33歳 |

| 職業 |
| --- |
| 広告代理店 |

| 崖っぷちポイント |
| --- |
| グルメ＆デート偏差値が上がりすぎている |

# 「このお店、初めてなんです」と言えなくなった女が選ぶべき男は……

「敦子さん、今度焼肉にでもいきませんか？」

そう声をかけてきたのは、百貨店の広報担当である滝本という男だ。

広告代理店に勤める敦子は彼と今しがたプロモーション会議を終え、一緒にエレベーターホールまで歩いていく途中のことだった。

以前から滝本が少なからず自分に好意を持っていることを、敦子もなんとなく肌で感じていた。まんざらでもないし、さりげない誘い方も爽やかでポイントは高い。

エレベーターの下りボタンを押しながら、敦子は笑顔で滝本を振り返り、上機嫌でこう言った。

「いいわね。焼肉だったら……西麻布の『けんしろう』か『よろにく』か。もう少し予算下げるなら、赤坂の『かぶん』とか？」

「…………」

一瞬凍りついた空気に、さすがの敦子も気づく。

目の前に立つ男から、数秒前まで少なからず放たれていた熱が一気に冷めていく。その様をスローモーションのように見つめながら猛烈な後悔に襲われた。

時間を巻き戻したいが、もう遅い。一度口から出てしまった言葉を取り消すことはできないのだ。

——ああ、またやってしまった……。

小坂敦子、大手広告代理店勤務。

仕事と遊びに全力投球して生きてきたら、あっという間に33歳になっていた。30歳を過ぎたらぴたりと風が止むように出会いがなくなり、現在彼氏いない歴1年10ヵ月、順調に記録を更新中。

「……さすが敦子さん。美味しいお店たくさん知ってますね」

別れ際、滝本は乾いた笑顔を敦子に向けた。彼から誘われることは、もうないだろう。

「このお店、初めてなんです」……なワケない！

「あーあ。なんで店の提案とかしちゃったんだろ」

デスクに戻った敦子は資料作成に取りかかるが、一向に手が進まない。

33歳となった今、出会いの一つ一つに重要性が増している。滝本は同い年の爽やか好青年でなかなか気が合いそうだったのに、勿体ないことをした。

周りは「敦子さんは美人だから大丈夫ですよ〜」などと無責任な言葉をかけてくれるが、そんなのはただの慰めだとわかっている。女の賞味期限は27歳。「やまとなでしこ」で桜子さんがそう言っていた。

一緒になって遊んでいたはずのサークル仲間もほとんどが結婚し、ついに独身は残すところ敦子含め3人だけ。このまま仕事に忙殺されていたらあっという間にアラフォーを迎えてしまいそうだ。

敦子はぶるぶると身震いをする。最後の1人にだけはなりたくない……。

婚活だ、婚活。

敦子は資料作成をいったん中断し、知り合いが多いことで有名な先輩のサトルに、「件名：〈大至急〉優良物件紹介のお願い」というメールを送ることにした。

「誠実だし、小坂に合うと思うから」

そう言って、自身は毎晩食事会に明け暮れているサトルに紹介されたのが、35歳で東大卒の医師・小柳正夫だった。彼も真剣に結婚相手を探しているのだという。

医薬品のプロモーション時にお世話になった先生だそうで、将来有望なのだとサトルは力説してくれた。東大卒の医師で将来有望。願ってもない高スペックである。

これはもう、ラストチャンスだと思って挑むしかない――。

約束の日、小柳が予約してくれたのは西麻布の『サッカパウ』だった。

敦子は何度も来たことのある店だったため、久しぶりに会うスタッフに挨拶しながら小柳の元へと急ぐ。

「よく来られるんですか？」

先に到着していた小柳が、談笑しながら現れた敦子に驚いた様子で尋ねた。

「ええ、時々ですけど」

そう何でもない風に答えた後で、敦子は模範解答が別にあったことを思い出した。

――このお店、初めてなんです♡

しかし今更そんなフレッシュな回答を求められても正直困る。自慢じゃないが、港区界隈のデートで使われるようなお店はもうほとんど制覇しているのだ。

敦子が慣れたしぐさで席に着くと、小柳の口からつい先日も別の男に言われたセリフが発せられた。

「さすがだな。素敵なお店をたくさん知っていて、かっこいいですね」

しかし小柳の言葉は、百貨店の滝本とは違って何の裏もない言い方だった。敦子を心からかっこいいと思っているようで、その真っすぐな眼差しに何だか照れてしまった。

**デートって、男が女を楽しませるものじゃないの？**

小柳は仕事だけに集中してきた男の典型だった。

ふだん敦子の周りにいる男性とはまるで違う。穏やかで清潔感のある見た目は好印象だが、遊びにも女性にも慣れておらず、会話の盛り上げ方を知らない。

好き勝手に話す敦子の話は楽しそうに聞いてくれるし、不器用なだけで悪い人ではないのはわかる。しかし……。

——デートって、男が女を楽しませるものじゃないの？

敦子は、自分をチヤホヤ持ち上げ楽しませようとしない小柳に対し、徐々に苛々を募らせた。20代の頃に付き合っていた男たちは皆、必死で敦子を喜ばせようとしてくれた。

しかし小柳はそんな敦子の内心に気づく素振りもない。それどころか、「敦子さんは本当に話題が豊富ですね」と敗北宣言までしてしまうのだった。

◆

「サトルさん、なんで私に小柳さんを紹介したんですか？」

小柳とのデートについて報告するため、敦子は仕事帰りにサトルと飲みにやってきた。

「小坂に合うと思ったから」

サトルは敦子にちらりと目を向け、白レバーをはふはふと冷ましながら頰張っている。

「小柳さんと私って、生きてきた世界が全然違うと思うんですよね」

小柳のような男が自分に合うと言われたことに少々ムッとしながら、敦子は何も言わないサトルに抗議した。

「小柳さんって素敵なお店とかも知らなそうだし、話も面白いとは言えないじゃないですか。私には物足りないっていうか……」

ふーん、と頷くサトル。しかし飲んでいたビールを置くとおもむろに向きなおり、真面目な顔でこう言った。

「だから合うんだよ」

怪訝(けげん)な顔をする敦子に、彼は続ける。

「男と女は、凸凹がいいの。凸どうしだと、ぶつかるんだよ。小坂はデートの店とか自分で決めたがるだろ。それに自分がお喋りなんだから、お喋りな男と会えば会ったで鬱陶(うっとう)しいって言うよ」

「うっ……」

サトルの指摘はあまりにも正しく、敦子は何も言い返すことができない。

「30過ぎた代理店女が喜ぶ店選びとか、楽しめる話題とか……相当ハードル高いって」できるの、俺ぐらいじゃねーか？　と、サトルは笑っている。

確かにそうなのだ。先日百貨店の滝本に焼肉に誘われた時も、下手な店に連れて行かれたくなくて自ら提案してしまった。

大半の男が女に求めている言葉は「すごい」「かっこいい」「こんなの初めて」の3つである。

しかし並の男以上に働き、稼ぎ、遊んできた敦子は知りすぎてしまった。

敦子の「ふつう」と世の中一般の「ふつう」は大きく乖離(かいり)し、そのことがこれらの言葉を嘘じゃなく言える相手と機会をどんどん狭めている。

だからといって、敦子は自分の生き方を後悔などしていない。

流行を追いながら華やかな人生を歩んできた、その生き方にプライドがある。33年をかけて築き上げた小坂敦子という人格はもう簡単には変えられないし変える気もない。たとえそれが、結婚へのハードルを上げているのだとしても。

「……サトルさんみたいなチャラ男は、嫌です」

ぷい、と顔を横に向けてそう応えながら、敦子はもう一度だけ小柳に会ってみようと考えていた。

知りすぎた30代女の恋愛は、上がりきったハードルを無理に越えようとする男より、小柳のように最初からくぐってくれる男を選ぶほうが幸せなのかもしれない。

Medical Records

| 名前 | 年齢 |
| --- | --- |
| 百合 | まもなく28歳 |

| 職業 |
| --- |
| 化粧品メーカーの商品開発部 |

| 崖っぷちポイント |
| --- |
| 王子様を求めるあまり、<br>彼に不満が溜まりがち |

# いつまで王子様を探すの？　未婚女友達の助言は竜宮城への罠

バタン。

百合の鼻先で玄関ドアが音を立てて閉まった。その無機質な音が、しゃがみこんでいた百合の耳に冷たく響く。

——なんで待っていてくれないの？

付き合ってもうすぐ半年になる彼・陽介と、近所の『ティー・ワイ・ハーバー』にランチを食べに出かけるところだった。

一緒に玄関を出ようとしたのに、百合がブーツを履くのに手間取っていたら、陽介は自分だけスニーカーを履いてさっさと出て行ってしまったのだ。

——陽介って、釣った魚にエサやらないタイプなのかも……。

ここ最近、彼の自分に対する態度が少しずつ変わってきたように思う。

はじめの頃はデートの後も必ず家まで送ってくれていたのに、最近は現地解散。マメすぎるほどにマメだったＬＩＮＥも既読後すぐに返事がないことが増えた。

今だってそうだ。百合がブーツを履く間くらい、ドアを開けて待っていてくれたっていいものを――。

百合の頭の中にある「陽介採点機」がくるくると回り出す。もともと１００点でもなかった点数は、今の出来事で10点減点され68点となった。

「お待たせ」

百合の乾いた声にも、陽介はまったく気づかない。

「腹減ったなー」と鼻歌を歌いながらエレベーターに乗り込む、その呑気（のんき）な様子がまた百合の癇（かん）に障（さわ）った。

微妙に寝癖が残ったままの頭頂部に向かって、百合は心の中で呟く。

――あなたも、私の王子様ではなかった。

◆

今年28歳になる百合は化粧品メーカーの商品開発部で働いている。

オフィスの化粧室で仕上げのグロスを塗りながら、百合は鏡の中の自分を見つめ満足げに微笑んだ。

——絶世の美女ではないけど……私、まあまあモテるんだから。

大きな瞳と小柄で華奢なルックスは、小動物系好きの男から人気がある。

実際、陽介以外にデートの誘いをよこす男性もいる。

例えば、会社の先輩に紹介されたメガバンク勤務の30歳。話がつまらなくてはっきり言ってあまり興味はないけど……とにかく、陽介にしがみ付く必要なんてないのだ。

成長株のIT企業に勤める陽介との出会いは、同期の結婚式二次会だった。どっしり安定感のあるルックスはまったく百合の好みではなかったが、明るく場を盛り上げる姿に好感を持った。

彼は芝浦に住んでいるのに「送るよ」とタクシーを摑まえ、目黒に住む百合を紳士的に送り届けてくれたのもポイントが高かった。初めの頃のデートでは、接待で使って美味しかったからと高級割烹に連れて行ってくれたこともあった。

しかし最近の陽介は完全に油断している。お家デートが増えたし、食事に出かける時だって店選びも適当。付き合ってまだ半年なのに、これでは先が思いやられる……。

オフィスを出ると、百合は東急プラザ銀座の『THE APOLLO』に向かった。

大学時代の同級生仲良し3人組の集まりは、まだ全員未婚ということもあり社会人6年目となった今も変わらず続いている。

「ねえ、美雪のプロポーズの話、聞いた?!」

興奮気味に口火を切ったのは損害保険会社勤務の薫だ。

「Ｆａｃｅｂｏｏｋで見た！　リッツ・カールトンで１０８本の薔薇(ばら)の花束、でしょ？　キザすぎてちょっと笑えるけど、でもやっぱり羨(うらや)ましい……」

百合の隣で、御三家ホテルの一つに勤める亜里沙もため息交じりに応じた。

この1年、大学時代の友人たちの間に第1次結婚ブームが訪れている。頻繁にタイムラインに上がってくる、プロポーズ自慢、入籍報告、ウェディングドレス姿の写真……。その中でも、今話題に上っている美雪が外資系投資銀行勤めの彼から受けたプロポーズはザ・女の憧れという内容でセンセーショナルだった。

29歳の誕生日。リッツ・カールトン東京の一室で、眩い夜景をバックに１０８本の真っ赤な薔薇を抱える美雪。Ｆａｃｅｂｏｏｋに投稿された幸せいっぱいの彼女の笑顔を思い出し、百合は苦々しい気分になる。

お姫様のように扱われている美雪と、ドアすら開けて待っていてもらえない私。この待遇の差は何だというのだろう。

「ほんと羨ましい。陽介じゃ絶対そんなプロポーズ期待できないもん。この間もさ……」

そう言って百合が近頃の陽介の体たらくを愚痴ると、薫と亜里沙は声を揃えてこう断言してくれた。

「そんな男、早めに見切りつけたほうがいいわよ。百合は可愛いしモテるんだから、もっと良い男が絶対いる！」

「……やっぱり？」

そうなのだ。68点の男と結婚しても幸せになれるとは思えない。薫と亜里沙の言葉に背中を押された百合は妙に強気になり、陽介との別れを真剣に考え始めた。

**そもそもあなたもお姫様じゃない**

薫と亜里沙と女子会をした翌週、百合はずっと目標にしている女性とともに有栖川公園近くのイタリアンにいた。

カウンター席で隣に座るさとみは、今日も完璧な佇まいで白ワインを飲んでいる。彼女とはもうずいぶん昔、某女性誌の読者モデル撮影で一緒になり意気投合した。会うのはかなり久しぶりだが、相変わらずの美貌に百合は見惚れてしまう。

歯科医と結婚し広尾の高級マンションで暮らすさとみは、時間と心のゆとりを手に入れ、また一段と美しくなったように感じられた。

幸せな結婚生活を送るさとみと話していると、早く私も自分を幸せにしてくれる王子様に出会いたいという思いがますます強まる。

気づけば会話は、陽介の愚痴大会になっていた。

「……陽介は、私の王子様じゃなかったみたいです」

さとみは百合の話をにこやかに聞いてくれていたのだが、このひと言を聞くや否や真顔になった。

「待って。そもそも百合ちゃんだってお姫様じゃないわよ」

「え……」

お姫様じゃない。そんなことは百合にもわかっている。それは言葉の喩えであって……。

「ドアを開けて待っていてくれないとか、そんなの普通。うちの夫だってそう。デートのお店だって、毎回素敵なお店である必要ないでしょう？　むしろ永く付き合いたいからこそ、素の自分を見せてくれていることに気づかないと。それにそういうのって、真の優しさとは別物よ」

そこまで言うと、さとみは百合に向かってにっこりと笑いかけた。

「今はまだ若いし可愛いからいいけど、手遅れにならないよう気を付けてね」

「手遅れ……？」

百合の鼓動が急に早まる。

さとみは女も見惚れる極上の笑みを浮かべていたが、目だけは笑っていないことに気が付き、百合は背筋がぞっと寒くなる思いがした。

Medical Records

| 名前 | 年齢 |
| --- | --- |
| 英里奈 | 30歳 |

| 職業 |
| --- |
| PR会社勤務 |

| 崖っぷちポイント |
| --- |
| 口説かれるとすぐ流されてしまう |

# 男の武勇伝に貢献したらアウト。〃本命枠〃から外される

「どうしよう、もう1月が終わっちゃう！」

ＴＲＵＮＫ ＨＯＴＥＬのラウンジで、ＰＲ会社同期の英里奈が悲鳴のような声を上げた。

食後のカフェラテを飲みながらぼんやりしていた亜季だったが、彼女の声で一気に現実へと呼び戻された。

「私、２人に言ったよね？　すっごく当たる占い師の話」

英里奈は真剣かつ切迫した眼差しで亜季と奈津子に詰めよる。アイメイクが濃いめなのも手伝い、その眼力には凄まじいものがあった。

「……えーっと、何だっけ？」

亜季と英里奈と奈津子は仲良し同期３人組。ほとんど毎日ランチを共にし、ありとあらゆる話を共有しているが、正直なところ聞いたそばから忘れている。

とぼける亜季に、英里奈は「もうっ」と頬を膨らませた。

「今年が私の最大の婚期で、これを逃すと次は……」

そう言うと彼女はムンクの叫びポーズをとり、もともと低めの声をさらに低くして続けた。

「13年後って言われたのよ。……私、43歳だし！」

皆で目と目を合わせ、しばし固まった。全員、今年30歳を迎える。彼氏のいない3人は不本意ながら昨年のクリスマスも共に過ごし、今年こそ結婚すると誓い合ったのだ。

「私、本気出す。誰か紹介して。お願い……！」

両手を合わせる英里奈の気迫に押され、亜季はつい「わかった」と答えてしまったが、人に紹介する相手がいるなら自分が名乗りを上げているんだけどね……と、心の中で呟いたのだった。


**チヤホヤされるとつい……。流されてしまう弱い女**

「誰かいないものか……」

その日の夜、亜季は睡魔と闘いながらＦａｃｅｂｏｏｋの友達リストを一人ひとり確認していた。

友人知人はもちろん、記憶の片隅にかろうじて残る、過去に知り合ってきた男たちの名前は数多くある。しかしその中で連絡を取りたい人、取れる人となると途端に限られてくるものだ。

スマホ画面をスクロールする手も疲れてきた頃、亜季の頭にある男の顔が浮かんだ。

——雅之。

亜季が通っていた、浜松の高校時代の友人だ。彼とは卒業以来会っていなかったが、少し前に偶然渋谷ですれ違った。大都会東京でこんな偶然があるなんてと盛り上がり、LINE交換していたのを思い出したのだ。

成績優秀で早稲田に進学した彼は現在、総合商社に勤めているらしい。

ついさっきまでうとうとしていた亜季だが、急に頭が冴えてくる。勢いよく起き上がると、さっそく雅之とのトークルームを開き秒速でメッセージを送った。

雅之は仕事が早かった。

長期出張前でちょうどスケジュールを空けていたからと、翌週さっそく食事会をセッティングしてくれたのだ。

雅之に指定された六本木の個室割烹は、知る人ぞ知る大人の隠れ家といった雰囲気。英里奈も奈津子も大喜びで、亜季も鼻が高かった。

高校時代は坊主頭の野球部員だった雅之に何の感情も抱いていなかったが、店選びも、初対面の女性に対する接し方もすべてそつなくスマートで、亜季はその成長ぶりに感動し、不覚にもちょっとときめいてしまうのだった。

一つだけ気がかりなのは、徐々に酔いが回り始めた英里奈だ。彼女の隣には雅之の同期・アキラが座っているのだが、誰の目にも明らかなほど最初から英里奈狙いなのだ。露骨なボディタッチは今のところないが、2軒目に移動した後のことが思いやられる……。

「俺、エリナちゃんのことマジで好みだわ」

そんな取ってつけたような安いセリフにも、英里奈はまんざらでもない顔で「うふふ」と喜んでいる。

事態を静観している亜季には、アキラが今夜限りの関係を狙っているにすぎないことが手に取るようにわかる。

しかし同時に、女はチヤホヤされると流されたくなる生き物なのだということもよく知っている。実際、亜季だってそれで何度も失敗しているのだから。

アキラが「ほら、今日は飲みなよ〜」と英里奈のグラスに日本酒をなみなみ注いでいるのを見て、亜季はちらりと雅之の表情を窺った。雅之もそれに気づいてはくれたが、目だけでこう返してきた。

「いい大人なんだから、放っておけば？」

結局、2軒目のカラオケの途中でアキラと英里奈の姿は見えなくなった。その後のことは、おおよその見当がつく。

英里奈からは、翌朝9時過ぎに「幹事ありがとう」とだけＬＩＮＥが届いた。

**割り切るにしても大きすぎる、一夜の代償**

数日後、恵比寿の自宅で亜季が珍しく自炊をしていると、雅之から一通のＬＩＮＥが届いた。

『この間はありがとう。良かったらまた皆で飲もう』

——皆で、か。

ちょっぴりがっかりしつつ「また会える口実ができた」と喜んでいる自分に気がついて

亜季は苦笑する。

『こちらこそ。英里奈と奈津子に、ぜひまた誰か紹介してあげて』

そう返信して料理に戻ろうとしたとき、再び雅之からＬＩＮＥが届いた。そして……そこに書かれていた文字は、亜季を震え上がらせるものだった。

『あー……エリナちゃんはもうないかな。あの子、うちの会社の先輩とも前に同じようなことがあったっぽいぞ。ワンコミュニティ・ワンチャンスだろってアキラが怒ってた（笑）次は別の子連れてきて』

えーっと……。

言葉の意味を、亜季はすぐに理解できなかった。いや、理解するのを頭が拒否しているのかもしれない。

カラオケで英里奈がアキラと消えた後、二人が朝まで一緒にいただろうことは亜季も知っている。しかしそれは別に本人から聞いたわけではなく、あくまで想像。

だが雅之が亜季に送ってきたＬＩＮＥによると、アキラは英里奈との情事をあの日いたメンバー以外にも話し、そしてその結果、彼女の過去の過ちまでが明るみに出されてしまったことを告げている。

――あり得ない！　なんて下世話なの！

亜季は怒りにまかせ、気づけば雅之に電話をかけていた。

スマホを持つ手が怒りで震える。アキラはもちろん、英里奈をネタにして一緒になって下世話な話をしていたと思うと、雅之にまで裏切られた気持ちだ。

「英里奈とのこと、ぺらぺらと口外するなんてひどい！」

「もしもし」と応じる雅之にかぶせるように亜季は抗議した。

自分のことではないにしろ、英里奈の気持ちがわかるからこそ、意志が弱くつい流されてしまうのは自分も同じだからこそ、胸が痛くて堪らない。

雅之は「あー……言わなきゃ良かった。ごめん」と的外れに亜季に謝ったが、しばらく沈黙した後でこう言った。

「亜季にこんなこと言いたくないけど……。あんな風に〝誰でもいい〟って顔に書いてあれば、はっきり言って遊ばれて当然だよ。きちんと扱われたいなら、その場の雰囲気に流されたりしないでまずは自分がきちんとするべきだろ」

――きちんと扱われたいなら、自分がきちんとしろ。

身勝手な男のセリフだ。

そう思いつつも、雅之の言葉は鉛となって亜季の頭を打つ。返す言葉を失いしばし茫然とする亜季は、照り焼きが鍋に焦げつく臭いでハッと我に返った。

Medical Records

| 名前 | 年齢 |
| --- | --- |
| 真子 | 26歳 |

| 職業 |
| --- |
| IT企業 |

| 崖っぷちポイント |
| --- |
| 男性を最初からお腹いっぱいにさせてしまう |

# 〆のラーメンに行く女は選ばれない。男には腹八分目を徹底せよ

「やっぱり可愛い子の友達って可愛いんだな。真子ちゃんに頼んで良かったよ」

元麻布にあるイタリアンレストランの個室で、正面に座る亮平がご満悦の表情で真子を褒めた。

「当然よ。私の友達、可愛い子しかいないの」

ふふん、と上から目線で答えて見せるも、真子の心は少しモヤる。

32歳で外資系コンサルティングファーム勤務の亮平とは、渋谷にオープンしたクラブバーのレセプションで知り合った。長身で端整な顔立ちなのに、笑うと赤ちゃんみたいで可愛い。とにかく真子のタイプだった。

本当は二人で会いたかったが、ようやく届いた彼からの誘いは「３－３で食事会しない？」というもの。がっかりはしたが、また会えるだけでも嬉しかった。

可愛い子連れて来てね、という亮平の要望に全力で応え、読者モデル仲間でＣＡの美和子と、大手不動産会社で役員秘書をしている香織を招集した。3人とも26歳、同い年だ。

何を馬鹿なことを、と思われるかもしれない。しかし自分より美人でない友達を連れて行く女、通称「幹事MAXの女」は嫌われると何かで読んだ。性格の悪い女だと思われたくないし、亮平は仕事のできる女が好きだと言っていた。ここは真っ向勝負である。

亮平が連れてきた会社の同期2人も、それぞれに良い男だった。涼しげな目をした細面でモデル風の男はCA美和子が好きそうだし、もうひとりの、趣味は筋トレだというソース顔の男は香織の好みだと思われた。

「男性陣も、皆さん素敵です」

CA美和子がすかさず褒める。彼女の視線の先にモデル風男がいるのを確認して、真子はほっとした。

——今日は楽しい夜になりそうだわ……!

二次会のカラオケに行く女、行かない女

食事会は、予想通り大いに盛り上がった。亮平は話し上手で、それでいてきちんと女性側の話も引き出す。

そんな亮平のスマートな気遣いを見て、真子はまたさらに心惹かれるのだった。

22時半を過ぎた頃。そろそろ2軒目に……という空気が漂い、男性陣がお会計を始めた。ソース顔の男が2軒目の手配をするのだろう、スマホ片手に先に店を出て行く。

亮平が「みんな、2軒目行くでしょ？　今カラオケ押さえているから」と女性陣を誘った。

真子は迷いなく「賛成！」と答え、秘書の香織も「私も行こうかな」と微笑んだが、CA美和子だけは「私、明日早朝フライトがあって……」と予想外に渋るのだった。

「え、美和子行かないの？」

早朝フライトがあるなんて初耳だ。せっかくモデル風男といい感じなのに勿体ない。真子は目配せするが美和子は応じない。

結局、皆で店を出るとすぐ、美和子は「ありがとうございましたぁ♡」と営業スマイルを振りまきタクシーを拾いに通りに出て行った。

「あ、美和子ちゃん待って」

そう言って美和子を呼び止めたのは、モデル風男ではなく亮平だった。

「また皆で飲みたいし、連絡先教えてよ」

ＬＩＮＥ交換をする二人に、心がざわつく。しかしそんなやりとりは社交辞令の域を出ない。気にすることはない、と言い聞かせた。

——大丈夫。私はカラオケで亮平との距離をもっと縮めてみせる。

美和子抜きの5人で移動した個室カラオケ付バーで、亮平はわざとか偶然か、判別できないさりげなさで真子の隣に座った。

カラオケでの会話は、自然と距離が近くなる。亮平が耳元で話しかけてくるたび少女のように胸が高鳴るのだった。

二人の心は確実に近づいている。真子としては、亮平から「二人で抜けよう」と言われればいつでもという勢いなのだが……。しかし亮平にその気はなさそうで物足りない気持ちを堪えるのだった。

深夜2時過ぎにカラオケを出るとさすがに皆疲れて解散かと思われたが、亮平が突如大声で叫んだ。

「ラーメン食いに行こうぜ！」

男性陣は「仕方ねぇなぁ」という表情で付き合う素振りを見せる。

秘書の香織はそんな男性陣のタフさに目を丸くし「さすがに私はこれで」とタクシーを拾いに行った。しかしまだ亮平と別れたくない一心の真子だけは足を踏み出せないでいた。

すると亮平がそんな内心を見透かすように「行こうぜ」と肩を抱き、六本木交差点の『AFURI』に向かって歩きはじめてしまった。

結局、真子は紅一点で〆のラーメンに付き合い、深夜3時過ぎ、ようやくタクシーに乗り込んだ――。

## 〆のラーメンに行ってはいけない理由

「真子ちゃん、ヘアメイク入ってもらえる？」

食事会の3週間後、真子はとある女性誌の撮影に呼ばれていた。「はーい」と返事をしながらメイクルームに入り、鏡の前に座る。

現在26歳の真子の肌は、いくら夜遊びしても透明感と瑞々（みずみず）しさを保っている。

しかし女の美は有限だ。のん気に構えていたら痛い目を見ることくらい真子も承知している。そろそろ結婚を考えられる本気の彼氏が欲しい。

──亮平くんから連絡ないなぁ……。

真子はデートの誘いを今か今かと待っているが、待てど暮らせど連絡が来ない。絶対、好印象だったはずなのに……。

別れ際に「真子ちゃん、最高」とハグしてくれた亮平を思い出す。……まあ、完全に酔っ払ってはいたけれど。

「あ、真子だ」

ふいに声をかけられ目を開けると、そこに美和子が立っていた。彼女と会うのも食事会以来だ。

あれからモデル風男とはどうなったのだろう？　他人事だがわくわくしながら問いかけようとしたその時、美和子の口から予想外の言葉が飛び出した。

「私、亮平くんと付き合うかも」

──え？

まったく事態が呑み込めず、声を出すことができない。そんな真子を尻目に美和子は遠慮なく続ける。

「亮平くんね、先に帰っちゃった私が気になって仕方なかったみたいで。食事会の翌週デートに誘われて。その後、もう3回デートしちゃった」

「え、だって美和子、モデル風の彼は……？」

やっとの思いで口にしてから、自分でも野暮な質問だと後悔する。

「んー、モデルくんも好みだけど、亮平くんも好きよ。話面白いし」

言葉を失う真子に、美和子はわざとらしく困り顔を作った。

「真子、深夜のラーメンまで付き合ったんだって？　……最初から男をお腹いっぱいにさせちゃダメよ。腹八分目って言葉、知らないの？」

私の作戦勝ちかな。小さく呟き、美和子は立ち去った。

茫然とする真子の目の前に「敗北」の二文字がぷかぷかと漂った。

*Medical Records*

| 名前 | 年齢 |
| --- | --- |
| 理恵 | まもなく30歳 |

| 職業 |
| --- |
| メガバンクの事務職 |
| 崖っぷちポイント |
| 実家に甘えており、生活力がない |

# 花嫁修業は逆効果。結婚に必要なのは、女子力ではなく生活力

「理恵ちゃん、お手紙届いていたわよ」

フラワーアレンジメントのレッスンを終え等々力にある実家に帰宅すると、母親から結婚式の招待状を手渡された。

理恵は今年30歳になる。

30歳手前は駆け込み婚が増えるというが、理恵の大学同期たちの間にも再び結婚ブームが到来していた。

確か、最初の結婚ブームは25歳の頃。ちょうど今の彼、博之と付き合い始めたばかりだった。

あれからあっという間に5年が経ってしまったのか。

――……まずい。

何ら変化のない自分に、さすがに焦りを感じないわけにいかない。

「理恵ちゃんは一体、いつ結婚するのかしら？」

おどけたように言う母親を無視し、理恵はそそくさとリビングを離れた。

――私だって早く結婚したい。

自室のベッドに横たわり、結婚式の招待状をぼんやりと眺める。

しかし今のところ博之からプロポーズの気配はない。関係はうまくいっているはずなのに、いくら結婚を匂わせてものれんに腕押し。

準備は完璧である。いつだって嫁に行ける。少なくとも自分ではそう思っている。

フラワーアレンジメントにお料理、今月から新たにポーセラーツも習い始め、新居で使うための食器まで手作りしているのだ。

理恵の仕事はメガバンクの事務職だが、実家暮らしなので経済的に余裕がある。稼いだお金は自己投資という名のお稽古通いに費やし、ひたすら女子力アップに勤しんできた。

後は博之からのプロポーズを待つのみ、なのだが……。

## 男が結婚を考えられない理由

「ねね、これ見て♡ポーセラーツでペアマグカップを作ったの」

自由が丘のカフェでランチをしていると、理恵がスマホ画面を無理矢理見せてきた。仕方なしに視線を送ると、二人のイニシャルであるHとR、そしてハートマークのデザインされたマグカップが2つ並んでいる。

――ポーセラーツって、何だ？

疑問に思うものの、敢えて聞くことはしない。聞いてもきっと理解できないからだ。理恵の話はいつも博之にとって別世界の出来事に聞こえるのだった。

「完成したら一緒に使おうね」

ひとりで盛り上がる理恵に曖昧な笑顔を返しながら、博之の頭の中は自身の転職活動のことでいっぱいだった。

博之は人材系企業で働いており、33歳となった現在の年収は600万程度だ。ボーナス別で月収手取り40万弱という現状に全く満足していない。

――こんな給料じゃ、豊かな暮らしはできない。

今がラストチャンスだと自分を奮い立たせ、1ヵ月ほど前に転職活動をスタートさせたところだった。

本当は今日だって、理恵とのんびりデートしている場合ではない。

週明けの面接に備えて企業研究しておきたいのが本音だが、約束をキャンセルすると面倒なことになるので仕方なく、今ここにいる。

「そうそう、インスタグラムですっごく素敵なお料理の先生を見つけたの」

心ここにあらずの博之などお構いなしに、理恵はお料理の先生をしているのだという、広尾在住のさとみという女性の話を始めた。

理恵はお嬢様だ。等々力に実家があり、確か父親は外交官をしていると言っていた。何不自由なく育ったのであろう理恵は天真爛漫そのもの。東京で生きる女たちが自然と身につける計算高さや小賢しさ。そういった類のものを理恵からは一切感じない。

彼女は美人タイプではないが、顔も身体つきも丸っこくて可愛らしい。ほんの少し計算をして積極的に婚活すれば、博之なんかより条件の良い男を摑まえられるのではないだろうか。

しかし理恵には一切、そんなつもりはないようなのだ。そういう意味では博之にとっても理恵は稀有な存在で、大切にしたいと心から思っている。

しかし結婚となると話は別だ。

今の給料では、どう考えても理恵とは暮らしていけない。彼女は結婚したら専業主婦になると明言しているし、実家暮らしの彼女は東京で〝普通の〟生活を送るのにどのくらいのお金がかかるのか、まったくわかっていないと思われた。

——結婚はまだ当分無理だ。

5年の歳月を共に過ごし、30歳を目前に控えた理恵には酷な話だが、しかしそれが現実を踏まえた博之の結論なのだった。

「そういうお稽古って、いくらくらいかかるの？」

金のことばかり考えていたせいで、つい世知辛い質問をしてしまった。

言った後で棘があったと後悔したが、理恵は悪びれもせず「1万円しないくらいよ」と答えるのだった。

**結婚に必要なのは、女子力ではない**

次の週末、理恵は広尾にある高級マンションの一室にいた。

インスタグラムで見つけたさとみのお料理レッスンに参加し、夢見心地の時間を過ごしたのだ。

さとみの生活は、まさに理恵の理想そのものだった。

白が基調の広々としたキッチンでおもてなし料理を教えるさとみは、理恵の憧れをそのまま体現した存在に思われた。

「私も早く結婚して、先生みたいになれるよう頑張ります！」

帰り際、理恵は興奮を抑えきれずさとみへの憧れを直球で伝えた。

博之に聞かれたら「またお前は……」と呆れられそうだが、この感動は素直に伝えないと気が済まない。

さとみは「ありがとう」とまぶしく笑った後、ふいに真顔でこんなことを尋ねた。

「理恵さんは今、ご実家にお住まいなの？　たくさんお稽古に通われているみたいだからそうなのかなって。失礼な質問だったらごめんなさいね」

どうやらレッスン中、他の生徒とお稽古の話で盛り上がっていたのを聞かれていたようだ。

「はい。早く結婚して家を出たいんですが5年付き合っている彼がなかなかプロポーズしてくれなくて。いろんなお稽古に通って女子力高めているんですけど……」

理恵の話を聞くと、さとみは「女子力ねぇ」と呟き軽く眉間に皺を寄せる。そしてしばし思案の表情を見せた後、理恵の目を真っ直ぐに見つめた。

「あのね、結婚に女子力なんか要らないわよ」

「え……？」

戸惑う理恵に、さとみは躊躇なく続ける。

「結婚に必要なのは女子力じゃない、生活力よ。本気で結婚したいなら自活する力をつけなさい。それが一番の花嫁修業よ」

――自活が一番の花嫁修業……？

結婚するまでは、生活費のかからない実家に甘えるつもり満々だった。それがダメだと思ったこともなかったが、理想の結婚生活を送るさとみの言葉には有無を言わせぬ説得力がある。

「わ、わかりました。考えてみます……」

帰り道、理恵はさとみの言った言葉について考えを巡らせた。

――ひとり暮らしするとしたら、どのくらいお金がかかるんだろう？

想像してみて、ハッとした。先日のデートで博之に聞かれたことを思い出したのだ。

『そういうお稽古って、いくらくらいかかるの？』

何でそんなことを聞くのかと不思議だったが、ようやく質問の裏に潜む博之の本音に気が付く。

――私に必要なのは、女子力ではなく生活力。

理恵は心に決めた。30歳の誕生日までに実家を出よう、と。

*Medical Records*

| 名前 | 年齢 |
| --- | --- |
| 葵 | 33歳 |

| 職業 |
| --- |
| 女性ファッション誌のフリーライター |

| 崖っぷちポイント |
| --- |
| 男性をいつも上から採点している |

# 男を減点方式で見る女は、自分も減点されている

「ああ、こうしてゆっくり食事するの、本当に久しぶり」

広尾『Ｓｕｄａｃｈｉ』のカウンター席で、葵は解放感いっぱいにビールを飲み干した。

葵は複数の女性ファッション誌に携わるフリーライターで、かなり忙しい日々を送っている。

実は先週誕生日だったのだが、校了前の徹夜続きでそれどころではなかった。ＰＣの前で誕生日を迎え、ＰＣの前で誕生日を終える始末。

そんな葵が余裕のある日を狙って、さとみが「お祝いさせてね」と人気店を予約してくれたのだ。

さとみは読者モデルとして葵の担当する企画に度々登場している。同い年でウマが合い気付けばもう長い付き合いになるのだが、会うたびに出来る女だと感心させられる存在だ。

「葵ちゃん、33歳の抱負をお聞かせください」

さとみがふざけながら、手をマイクにして葵の口元に近づける。

「抱負とか……結婚しかないわよ！　もう33歳になっちゃったじゃない！」

大げさに眉をひそめ自虐的に叫ぶ葵。

さとみは「あはは」と楽しそうに笑うと「これ、ほんの気持ちだけど」と言ってジョーマローンの紙袋を取り出した。

彼女は5年前に歯科医の夫と結婚し、広尾の高級マンションで暮らしている。生活にゆとりのある女は、こうも他人に優しく接することができるのか。

「さとみちゃん……ありがとう。私、今年こそ結婚するから」

しかしそう言った後で、葵は言い訳をするかのように溜息(ためいき)交じりに呟くのだった。

「でも、本当に良い出会いがないの。……後は出会うだけなのに」

**男を減点する女**

誕生日から1ヵ月ほど経った、ある週末のこと。

この日も葵は早朝から忙しく働いていた。ファッション誌の撮影は、人のいない早朝を狙って行われることが多い。

良い絵を撮らないと編集に何を言われるか……。プレッシャーと戦いながら仕事を終え、15時過ぎに代々木上原の自宅に戻ると既に疲労困憊、くたくただった。

――少し休もう……。

そう思ってベッドに横たわったが最後、数秒後にはもう夢の中にいた。

ハッと気が付いて飛び起きた時には、空がもう薄暗くなっていた。慌てて枕元のスマホを手に取ると、18：15と表示されていた。

――やばい。急がなきゃ！

実は19時半から、西麻布でデートの約束がある。

相手はマッチングアプリで知り合った、自動車メーカー勤務の浩二という男だ。何度か他愛のないやりとりはしたものの、その後進展しなかった相手である。しかし1週間ほど前、ふいにデートの誘いが届いたのだ。

――でも正直、浩二さんと私じゃ、釣り合わないんだよなぁ。

さっとシャワーを浴び、鏡の前でメイクをしながら葵は思う。

葵はフリーライターとして、自分の実力でひとつひとつ信頼を積み重ねてきた。今では複数雑誌を掛け持ちする売れっ子ライターだ。そんな自分に誇りがある。

きっかけは、女子大のキャンパスでスナップ撮影に声をかけられたことだった。初めて参加した雑誌の撮影。そこでライターの仕事に興味を持ち、いくつか企画を考えて自ら編集部に持ち込んだ。

学生のアルバイトとはいえ、甘えは一切許されない厳しい世界。文字通り食らいつきながら経験を積み、人脈を獲得して、着々と仕事を増やしてここまでやってきた。

そうやって努力してきた葵だから、男性にもせめて自分と釣り合うレベルでいて欲しいと思う。

高望みするつもりはないが、そのくらいは許されるのではないだろうか？

「葵ちゃん、こっち」

西麻布の高級焼き鳥店で、浩二は葵を見つけると、細い目をさらに細めて手を振った。

「さすが葵ちゃん。今日もおしゃれだね」

浩二がにこにこと、月並みな言葉で葵を褒める。

「ありがとうございます」

ファッションには当然、こだわりがある。しかし葵の着ているニットワンピースがアレキサンダーマックイーンというブランドであることを伝えても浩二は絶対に知らないだろう。

特に何のこだわりも感じない、ニットとデニム姿の浩二の服装を見て、葵はファッション談義を早々に諦めた。

「お休みの日は、何して過ごすことが多いですか？」

浩二が他の話題を振る気配を見せないので、仕方なく葵から問いかけてみる。

「休みの日は……家でずっと寝てるかなぁ」

「え、あ、そうなんですね……」

――特に趣味もないのか。つまらない男だな……。

仕事が生きがいというタイプでもないのに語れる趣味もないなんて。それに、自分からデートに誘ってきたくせに受け身の姿勢なのも引っかかる。楽しませようとか喜ばせようという気はないのだろうか？

――私が、こんなレベルの男と一緒にいる必要ない。

ひとしきり減点し尽してしまうと、どうやって早めに切り上げるか、そればかりを考え始めるのだった。

◆

「ああ、疲れた……」

自宅に戻った葵は、声を出してベッドに倒れ込んだ。

浩二とのデートは、その後もさっぱり盛り上がらなかった。

「興味ありません」とメッセージを発する葵の愛想笑いに気づいたのだろう、焼き鳥店を出た後2軒目に誘われることはなかった。心底ほっとしたが、とはいえ誘われないでそれもまた不本意だったりする。

ルックスから始まり浩二の言動のひとつひとつが減点ポイントで「焼き鳥の棒って、やっぱり尖った方を下にして戻すよね？」というどうでもいい質問をしてきた時点で0点となった。

——誘われていたとしても、絶対お断りだし。

ふぅー、と全身でため息をつく。

——どうして私には、こうも良い出会いがないのだろう……。

寝落ちしてしまう前にメイクだけでも落とそうと立ち上がった時、ふとソファに置かれ

たジョー マローンの紙袋が目に入った。

先日、誕生日プレゼントにさとみが渡してくれたものだ。

ボディクリームはさっそく使い始めていたが、彼女が帰り際に貸してくれた本が入ったままなのを思い出した。

『女の人生に役立つ名言集』

そうタイトルづけられた本を取り出し、何気なくページをめくる。その手が、あるページでふいに止まった。

『醜い女は我慢できるが、高慢な女は辛抱できない』ｂｙナポレオン・ボナパルト

頭に冷水をかけられた気がした。まるで自分に向けて発せられた言葉のように思え、眠気が一気に覚めていく。

今夜も葵は、浩二の頭のてっぺんからつま先までを減点し尽してサヨナラしてきた。０点となった浩二とこれ以上一緒の時間を過ごす価値などないと、あっさり見限ってきた。

しかし葵が減点したポイントは、真にマイナスすべき要素だっただろうか。そもそも葵自身は、人を減点できるような１００点満点の女なのか——？

「高慢な女」というワードが頭から離れず、軽く目眩を覚える。

この本を手渡してくれた時、さとみは「ライターの仕事に役立つかもしれないから」と言っていた。しかし果たしてそれだけだったのだろうか。

「高慢な女なら、醜い女のほうがマシ、か……」

弱々しく呟いて、葵は真夜中にひとり唇を噛みしめた。

Medical Records

| 名前 | 年齢 |
| --- | --- |
| 玲奈 | 28歳 |

職業

レコード会社の受付

崖っぷちポイント

身に余る贅沢を知ってしまった港区女子

# 嫌われたらアウト。港区女子は彼氏の女友達に注意せよ

『レイナちゃん、用事終わったらここおいでよ。俺の友達、紹介する！　https://tabelog……』

太一から届いたＬＩＮＥをこっそり見て、玲奈は周囲に気づかれぬようににんまりと微笑んだ。

今宵、玲奈は西麻布の『サイタブリア　バー』にいる。

港区女子仲間の誕生日会に顔を出しているのだが、そろそろ飽きてきたところだった。

そもそも、彼女の誕生日会には先週も顔を出した。港区女子は誕生日を「誕生月」と呼ぶ。つまり、一ヵ月に何度も繰り返しパーティが開催されるのである。

21時半を過ぎて場もいい感じに盛り上がっているし、抜けたところで問題ないだろう。

会場には〝おしょくじがかり〟として呼ばれた港区おじさんの顔もある。羽振りの良い彼らには随分と世話になってきた。

ちなみに玲奈は別の港区おじさん・西田と付き合っており、20代の女がどう逆立ちしても手に入れることのできない贅沢な生活を謳歌(おうか)している。

彼の庇護のもと美食を堪能し、ハイブランドの財布やバッグもいくつ買ってもらっただろうか。今日玲奈が持ってきている、春らしいイエローが鮮やかなシャネルのチェーンバッグも西田からのプレゼントだ。

しかし港区女子の寿命はカブトムシ並というのは真実であった。二人の関係はそろそろ2年になるが、28歳となった玲奈は西田からやんわり「卒業」を匂わされている。……つまり、別の若い女の存在を察知した。

玲奈は悟った。このまま港区という浮世に興じているとあっという間に婚期を逃す、と。

よって、少し前までは興味すらなかったサラリーマンも候補に入れ(とはいえ年収一千万円超レベルは死守)、現実的で堅実な婚活に励むことにした。

そんな矢先に出会ったのが、31歳・慶應卒、日系証券会社勤務の太一であった。

◆

同じ頃、太一は恵比寿のビストロで週末の夜を楽しんでいた。

エネルギー系企業に勤める大学サークル仲間のひとりが米国から一時帰国しており、せっかくだからと皆で集まっているのだ。

「なぁ、ここに俺の彼女、呼んでもいいかな？」

皆にそう尋ねると、場がわっと盛り上がった。

大学時代のサークル仲間とは、卒業して10年以上が経った今も何かと理由をつけて頻繁に集まる仲だ。

同じ大学を選び同じサークルに所属した友人たちは、もちろん多少の差はあれ育ってきた環境や価値観も近い。遊び仲間としてはもちろんだが、仕事や人生に迷う場面でも頼りになる仲間だ。

生来真面目で、そろそろ身を落ち着けて仕事に邁進したいと考える太一は、玲奈と真剣交際をするに当たり皆に紹介しておきたいと考えていた。

「え、太一、彼女できたの？　良かったじゃない！　随分久しぶりよね？」

隣に座っていた麻美が太一を振り返り「やったね！」とハイタッチを求める。花が咲くように笑う顔が眩しくて、太一は思わず目を細めた。

太一にとって麻美は、19歳で出会った頃からずっと心の中のアイドルだ。……淡い恋心は口にするチャンスもなく、麻美の結婚とともに封印されたが。

## 隠しても隠しきれない港区女子臭

「あ、彼女じゃない？」

入口に女の影を認めて、麻美は太一に囁いた。

「レイナ」と声を上げる太一。その声は、麻美がよく知る彼の声とはほんの少しだけ異なるよそゆきの響きで、ふたりの初々しさを微笑ましく思った。

結婚してもう5年が経つ麻美にとって、恋愛初期はもう遠い昔の記憶だ。

「なんだか羨ましくなっちゃうわ」

しかしそんなお花畑な麻美の思考回路は、入ってきた女性を一瞥するや否やすぐに改められることとなった。

「こんばんはー」

彼女にとってはアウェイでしかない、出来上がったコミュニティにもまったく臆せず入り込んできた女。「レイナ」と呼ばれたその女性は、麻美が太一の彼女として想像していた人物像とかなり様子が違っていた。

ある種の女に共通する、媚びが板についた声色。28歳にしては明るすぎる髪色、そして目に痛いほど派手な黄色のチェーンバッグ。

――出た、港区女子。

甘い香水で隠しても隠し切れない、彼女から漂う「港区女子」の香り。……麻美自身、独身時代は「港区女子もどき」だった。しかし結局は若さと美貌を金に代えるような真似に抵抗を捨て切れない、港区女子になれない側の女だったからこそ、余計敏感に察知してしまうのかもしれない。

しかし彼女を見た全員が同じことを感じたはずだ、と麻美は思う。示し合せたかのような一瞬の沈黙がその証拠だ。

そのくらい、太一の彼女、玲奈の港区女子臭は強烈だった。

――彼女の毒牙から、太一を守ってあげないと。

女性経験の多くない太一はわかっていないようだが、玲奈は彼の手に負える女ではない。

彼女が年齢を考え、現実を見据えて太一で手を打とうとしているのは明らかだ。だが自身で稼ぐ力もないくせに贅沢に慣れた彼女のような港区女子が、将来にわたって年収10

00万円レベルの暮らしに満足するとは到底思えない。

太一の手前そんな内心はおくびにも出さないが、麻美はさりげなく、しかし抜け目なく彼女の情報収集に専念した。

そこで得た情報によると、玲奈の仕事は港区にあるレコード会社の受付嬢。実家は秋田県で、短大卒業後に上京してきたらしい。今は女友達と麻布十番でルームシェアしているのだとか。

「それにしてもレイナちゃん、随分焼けてない？　どっか行ってたの？」

米国帰りの仲間の質問に、金に近い色の髪をかきあげながら彼女は答える。

「あ、バレました？　……実は、友人と先週までハワイに行っていて」

その悪びれない言葉に、麻美は「友人じゃなくて、港区おじさんでしょ」と心の中でこっそり毒づいた。

自宅に戻った麻美がバスルームにスマホを持ち込みゆっくり半身浴をしていると、つい先ほど別れたばかりの太一から一通のＬＩＮＥが届いた。

『麻美、レイナのこと正直どう思った？』

——どうって……。

心の中で大きく×マークをする麻美。しかし人の彼女を掴まえてダメ出しするのもどうかと思い直し、ひとまず当たり障りなく返信しておくことにした。

『可愛い子だな、と思ったよ』

しかし予想に反し、太一はさらに踏み込んでくる。

『いや、本音で教えて。俺もそろそろ結婚したいからさ、長い付き合いの皆の意見を聞きたいんだ』

そう言うなら……と、麻美は本心を率直に告げることにした。付き合うのは止めないけど、結婚はやめたほうがいい、と。

嫌な気分にさせたかもしれない、と送信ボタンを押した後で後悔したが、太一から戻ってきた返信を見てホッと胸をなでおろした。

『やっぱり？　……実は、男女問わず他のメンバーも同じ意見だった』

『金の出所が不明な女はやめとけって言われたよ』

――やっぱり、皆同じこと思ってたんだ……。

麻美は同じ価値観で生きる仲間たちに安堵し、心強く思った。そして、どうにも女を見る目に不安がある彼に、こう約束するのだった。

『結婚したいなら、私が太一に相応しい相手を紹介するわ(^_-)』

*Medical Records*

| 名前 | 年齢 |
| --- | --- |
| 泉 | 30歳 |

| 職業 |
| --- |
| 食品メーカー勤務 |

| 崖っぷちポイント |
| --- |
| 人気者ゆえに誘いが多く、いつも多忙である |

# いくらモテても、優先順位を誤る女は幸せを逃す

とある週末、さとみは代官山の商業施設でオーガニックコスメの新商品お披露目イベントに参加していた。

ＰＲ会社に勤める亜季を通じ、インスタグラマーとして招待されたのだ。

亜季の指示に従い開始時刻の30分前、13時に会場入りしたさとみは、ゆったりとイベントの開始を待っていた。

すると会場が暗転し、もう始まるぞというぎりぎりのタイミングでひとりの女が駆け込んできた。

「……すみません、横、いいですか？」

「もちろん、どうぞ」

遅刻した彼女がスムーズに着席できるよう、さとみは椅子を少し引きながら小声で応じる。

——わ、綺麗な子……。

20代後半だろうか。整った顔立ちもだが、何よりタイトスカートのスリットからのぞく長い脚に目を奪われた。トレンドを取り入れたウエストマークベルトも、彼女のスタイルの良さを強調している。

「ありがとうございます。前の予定がギリギリで遅れちゃった……！」

見惚れているさとみに、人懐っこい表情で彼女は微笑んだ。自身の美しさを鼻にかける様子など微塵も見せず、白い歯をのぞかせて。

——この子、男女問わずモテるだろうなぁ。

これが、遅刻してきた美女・泉に対する、さとみの第一印象だった。

このイベントでの出会いをきっかけに、ふたりはすっかり意気投合した。お互いのインスタグラムアカウントをフォローし合い、コメントを交換するなど交流が始まったのだが「今度ゆっくり食事でも」という約束が実現するのは、出会って半年以上が過ぎた後だった。

というのも、泉が多忙すぎるのだ。

彼女は某食品メーカーで働いており平日は忙しい。さとみはできる限り泉の予定に合わせようとするのだが、２週間以上先の日程を提案してもまったく予定が合わない。

それなら週末にランチでも……と誘ってみても「その日は友達とボルダリングに行く約束が」とか「会社の先輩にゴルフに誘われていて」といった調子で、とにかく空いている日がないのだった。

それもそのはず、泉は驚くほど友人が多い。

彼女のインスタグラムには毎日チェックしていても把握しきれない数の友人が登場する。（ちなみに、男友達と一緒の写真も隠すことなく掲載されている）

そしてその仲間たちとともに、関西にいたと思えば次の週末は東北にいたり、あるいは弾丸で韓国旅行してみたりと、いったいいつ休んでいるのか心配になるほどアクティブな日々を過ごしているのだ。

初対面では20代に見えたが、実はジャスト30歳だった泉。

大半の女性はそろそろ結婚に焦る年齢だが、彼女に結婚願望はなさそうだ。泉のＳＮＳから垣間見える日常はとにかく落ち着きがない。自炊している気配もなく、いい意味でも悪い意味でも生活感が一切感じられなかった。

さとみも別に、結婚だけが女の幸せだとは思わない。だからとやかく言う気はないのだが……。

「さとみさん、聞いてください。昨日なんと……洗濯機が壊れたんです」

半年待ちで実現した泉との週末ランチ。注文を終えるや否や、彼女は神妙な面持ちでそんなことを言い出した。

「え！　……それは困るわねぇ」

さとみは同情の意を示したが、泉と会うのはまだ2回目なのに、いきなりの話題が洗濯機の故障というのがツボで笑いを堪える。こういう、泉の明け透けなところも面白くて好きではあるのだが。

すると泉は深くため息をつき「さとみさん、笑いごとじゃないんですよ」と詰め寄る。

「今の洗濯機買ったの、22歳の時で。洗濯機の寿命は7～8年っていうけど、それまでには結婚してるから大丈夫って思ってたのに……！」

――泉ちゃん、結婚願望あったんだ……。

さとみがまずその前提に驚いていると、彼女はさらなるトンデモ発言をした。

「それで私、決めました。近所にコインランドリーあるし洗濯機は買わない。その代わり早急に彼氏見つけて結婚する……！　だからさとみさん、ソッコーで私に誰か紹介してください、お願いします！」

「わ、わかったわ……」

――洗濯機の代わりに彼氏?!

個性的すぎる思考回路にまったくついていけないさとみだったが、勢いに押され首を縦に振る。

さとみが頷いたのを確認すると、泉はようやく落ち着きを取り戻し、独り言のように呟いた。

「選択肢は、多いに越したことないもんね」

**本当に必要なものを、選び取れていますか?**

さとみはさっそく泉のために一肌脱ぎ、大学時代からの男友達である正人に連絡をとった。泉の全身写真付でＬＩＮＥを送ると二つ返事で食事会の日取りが決まり、思わず笑ってしまう。

彼も既婚者なのだが、会社の後輩を連れてきてくれるそうだ。彼らだってそれなりに忙しいはずなのに、美人との予定は最優先されるらしい。

普段まったくアポのとれない泉からも「必ず行きます」と即レスが届き、さとみは両者の本気度を感じるのだった。

◆

「今日来る子、泉ちゃんだっけ？　モデルさんみたいだよなぁ！」

　約束したフレンチビストロで、泉の写真を見ながら後輩と盛り上がる正人。さとみは「あなたは手出しちゃダメよ」と冗談半分で釘を刺しておく。

ちぇっと舌打ちする正人の隣では彼の後輩も「こんな美人を紹介してもらえるなんて、マジ有難いっす」とまんざらでもなさそうだ。

──彼、泉ちゃんとお似合いかも……！

　学生時代ラグビー部だったという正人の後輩は、背も高く鍛えられた身体つき。長身で華やかな泉と並んでも見劣りしない。さとみはお似合いカップル誕生の予感に、早くもひとり先走ってわくわくするのだった。

　ところが、そんなさとみの期待は開始早々に裏切られることとなる。

「すみません！　遅くなりましたぁ〜！」

泉は10分遅刻で現れた。

鎖骨を美しく覗かせた白トップスに黒レースのタイトスカートという装いは、彼女の美人度をさらに2割増しにしていたのだが……問題はその中身であった。

「あれ？　泉ちゃん、酔っ払ってる……？」

正人が戸惑った様子で、さとみと泉を交互に見ながら声を上げる。そう、泉は20時スタートの食事会に、なぜか酒に酔って登場したのだ。

「……あ、バレちゃった（笑）。実は、18時から別の会で飲んできたんです〜」

「へぇ……そうなんだ。泉ちゃん、アクティブだなぁ！　はは……」

「あはは！」

——別の会って……それで酔って遅刻してきたの?!

思わず言葉を失ったが、泉はテンション高く正人と一緒になって笑っている。

さとみは悟った。

というか、以前から薄々気づいてはいたのだが、この時確信に変わった。泉はさとみも見惚れるほどの美人だが、優先順位を正しくつけられない女なのだ、と。

人付き合いの良さは泉の長所だが、まわりに流されてしまっては幸せを掴めない。

誘いの絶えないモテ女だからこそ、本当に大切なものを選び取る意志の強さがないと、いくら多くの選択肢を手に入れたところで指の隙間からこぼれ落ちてしまう。

あっけらかんと笑う泉を横目に見て、さとみは「どうしたものか」と頭を抱えてしまった。

Medical Records

| 名前 | 年齢 |
| --- | --- |
| 由紀子 | 30歳 |

職業

アパレル企業経営

崖っぷちポイント

彼女の存在を知りながら男を受け入れた
結果、二番手になってしまう

# 男が最初から弱さを見せたらセカンドのサイン

『今日、由紀子の家行ってもいい？』

20時過ぎに啓太から届いたＬＩＮＥを確認して、由紀子は返信を躊躇った。いや、躊躇うフリをしたというほうが正しいかもしれない。

今夜、啓太と逢える。その事実にどうしようもなく高鳴ってしまう鼓動の止め方を、由紀子は知らない。

しかし由紀子が躊躇うフリをしなくてはならないのには理由がある。彼には、同棲して2年になる年下の彼女がいるのだ。

「彼女の情緒不安定についていけない」

気まぐれに家にやってくる啓太は、彼女に対する愚痴や不満も隠すことなくぶつける。

「由紀子と一緒にいるほうがずっと楽しい」

「俺たち、相性ばっちりだよね」

しかしそうやってさんざん甘えた後で、「別れようかな」と言っていたはずの彼女が待つ家に戻っていくのだ。

彼女は27歳で美容部員をしているという。金銭的にはもちろん精神的にも完全に啓太に依存しており、仕事で遅い日がちょっと続いただけで情緒不安定になって泣いたり拗ねたりとにかく大変らしい。啓太はＩＴベンチャー勤めだから、ある程度の残業は仕方ないと思うのだが……。

5年前、25歳でアパレル会社を設立し自立した人生を送っている由紀子にしてみたら、啓太がそんなつまらない女のどこに惚れているのか疑問である。

自慢じゃないが、由紀子は男にも女にもモテる。トレンドに敏感で洗練されているし、忙しくてもジム通いを欠かさず、いつでもビキニが着られるボディラインを維持している。

理解できないだろうからと、啓太は彼女には仕事の話をしないそうだが、由紀子なら聞いてあげられるしアドバイスだってできる。

だからいつも思う。

——私のほうがどう考えてもいい女なのに、どうして二番手なの？

## 本命女とセカンド女。その差はどこにある？

啓太と彼女・裕美の出会いは2年前に遡る。当時よく遊んでいた音楽好きの仲間たちで夏フェスに行こうという話になり、その時に女友達のひとりが裕美を連れてきたのだ。

瑞々しい胸元、無駄な肉のない二の腕や美脚を惜しげもなく露出した裕美は、夏の太陽の下でとにかく眩しかった。

色白の肌も、垂れ気味の目も口角の上がったあひる口もとにかく好みだったから、飲み物を買ってきてあげたり日陰を譲ってあげたり、仲間に冷やかされるのも構わず彼女の気を引こうと必死でアピールした。

もちろんすぐにデートを申し込み、清水の舞台から飛び降りて買った愛車レクサスで彼女の家まで迎えに行って鎌倉までドライブした。

白いノースリーブワンピースからのぞく華奢な肩、海風で長い髪が揺れるたびに漂う甘い香り、そして裕美をからかうと見せる、唇を尖(とが)らせる仕草……そのすべてが逆らい難く心を摑むのだった。

そして啓太は勝負に出た。

サンセットに合わせて予約したオーシャンビューのレストランでロマンチックにディナーを楽しみ、これでダメなら何してもダメだ、という完璧なシチュエーションで裕美を口説き落としたのである。

裕美は当時、学芸大学でひとり暮らしをしていたが、美容部員の薄給では生計を立てるのがやっとだったという。

当然のように、付き合い始めると間もなく、彼女は啓太のマンションに転がり込んできた。そして世のカップルの大半がそうであるように、二人の関係もほどなく変化することとなる。

天使か妖精かという表情だけが浮かんでいたはずの裕美の顔に、般若(はんにゃ)の形相が見え隠れするようになった。

啓太が連絡なしに飲んで帰ったり、仕事や接待で(実際は別の理由である場面も多々あったが)午前様で帰宅する日が続いたり、あるいは髪を切ったことに気づかなかったりすると、何もそこまでというほど泣いたり喚いたりするのである。

——面倒くせぇな……。

同棲をはじめて1年も経てば、裕美が隣にいることなど当たり前になり、恋愛初期の初々しさは日を追うごとに消え去っていく。

アパレル会社を経営しているという橘由紀子と出会ったのはそんな時だった。

異動してきた上司とも反りが合わず、溜まったストレスを発散しようと飲みに出かけた六本木のバーで、たまたま隣のテーブルに座っていた女性二人組に声をかけた。そのうちのひとりが、由紀子だった。

彼女は自分で事業をしているだけあり話し上手の聞き上手。飲んで饒舌になる啓太の愚痴を優しく受け止め、時には毒のあるつっこみなんかも交えながら話を聞いてくれた。

同棲している彼女がいることも、その彼女が面倒な性格だということも洗いざらい話した。

それらをすべて知った上で、由紀子は啓太と一晩を過ごしたのだ。

◆

週末の朝、由紀子はジムで身体を動かした後、自宅近くのオーガニックカフェに立ち寄った。

オフの日は朝から運動して、野菜たっぷりのランチを食べるようにしている。いつまでも魅力的なボディラインを保つためには日頃の努力を怠るわけにはいかない。

急ぎの仕事もなく、時間に追われなくてよい週末だから、由紀子はお花見がてら目黒川沿いを散歩して帰ることにした。

——桜って、儚いなぁ……。

目黒川を通り抜けた風に、桜の花びらが舞う。ひらひらと風に乗って運ばれていく花びらを目で追っていた、その時だった。

由紀子は視線の先に、見覚えのあるシルエットを捉えた。

——あれ、啓太……と彼女?!

川沿いのフェンスに並んで立つ男女は、仲睦まじく笑い合っている。

啓太が何かからかうようなことを彼女に言って、それに対して拗ねた彼女が唇を尖らせ彼を見上げる。そんな彼女を見つめ、愛おしそうに肩を抱く啓太——。

そこには、由紀子の知らない彼がいた。

桜舞い散る春の目黒川。その美しい景色の中で、自分の周りだけが色を失くしたようだった。ふつふつと湧いてくる、怒り、そして悔しいという思い。

由紀子は無意識のうちにふたりの方へと足を進めていた。

「啓太」

背後から声をかけると、啓太の顔からサッと笑みが消えた。

「……誰？」

自身の彼氏を名前で呼ぶ女に、怪訝な表情を向ける彼女。そんな彼女を庇うように、啓太は一歩前に出る。そして由紀子に対し、信じられないセリフを吐いた。

「橘さん！　久しぶりですね」

久しぶりなんかでは、ない。今週も啓太は由紀子の家に泊まっているのだから。しかし彼のその言葉で、由紀子は自分の立場というものを思い知らされた気がした。

――最初から、勝ち目などなかった。

啓太は彼女との関係を守るためなら、由紀子にどう思われようが構わないのだ。

彼は由紀子に、男の弱さや狡さを初対面から遠慮もなく曝け出してきた。同棲している彼女の存在も、最初から隠す素振りもなかった。

しかし由紀子の存在は、彼女の前ではなかったことにされる。彼女には決して、弱さや狡さを知られるわけにはいかないから。

啓太は、彼女の前でかっこいい自分を保つために、別の女で傷を癒していただけ。

こみあげる感情が溢れないよう唇を噛みしめ、由紀子は無言でその場を立ち去った。

Medical Records

| 名前 | 年齢 |
| --- | --- |
| 咲子 | 28歳 |

職業

損害保険会社勤務

崖っぷちポイント

偉大な父親と同レベルの相手を求めている

# 「好きなタイプは父親」が危険な理由。男からの愛は無償じゃない

咲子は、とりわけ幸福な家庭で育った。

父親は早稲田大学政治経済学部を卒業し、日本を代表する総合商社で役員を務めている。仕事熱心で多忙ではあるものの、家族に対しても大事なポイントを外さないデキる男だ。

結婚記念日や咲子の誕生日には、帰宅がどんなに遅くとも必ず花束を持ち帰る。たまの休日は率先して家族を連れて出かけ、夕食にスパイスやハーブをふんだんに使った特製カレーをふるまうこともある。

そんな父のことを咲子の母はおそらく今でも男として愛しており、彼女はいつも父の話を嬉しそうに、誇らしそうに語る。

実際、父は先日還暦を迎えたが、お腹も出ていないしロマンスグレーの髪がふさふさしていてかっこいい。充実した人生を歩んだ男らしく、刻まれた皺は疲れではなく貫禄に映る。

『銀座うかい亭』で還暦祝いをした時の写真をインスタグラムに投稿したら、予想通り父への賞賛コメントが多数つき、咲子は「そうでしょう」とご満悦だった。

口数は少ないけれども常に咲子を気遣い、「君の思うようにやりなさい」「何も心配は要らない」と言葉をかけてくれる偉大な父。

このような家庭で育った咲子が、父に憧れ、父のような人と結婚したいと考えるようになったのは当然の結果かもしれない。

◆

――やっぱり、ブルーが良いかなぁ……。

咲子は鏡の前で、エクリュカラーとサックスブルーのワンピースのどちらを着ていくか真剣に悩んでいる。今宵デートの予定があるからだ。

咲子は親のツテもあり入社した損害保険会社で役員秘書をしている。

独身の仲良し同期たちとともに婚活に励んでいるのだが、実は先週参加した食事会で「ちょっと良いかも」と思える男性に出会った。そして幸運にも「二人で食事に行こう」

と誘われたのだ。

彼の名は慎也という。会社は違うが咲子の父と同じく総合商社に勤める33歳で、出身大学、学部ともに父親と同じ。それを聞いただけで無条件に親近感を感じたが、さらには笑った時に右側の頬の低い位置にえくぼができるのを見て、咲子は感動すら覚えた。

父親も、まったく同じ位置にえくぼがあるのだ。

慎也は中目黒にある『鮨 尚充』を予約してくれていた。高級ウニの食べ比べができる、ウニ好きにはたまらない人気店なのだという。

父も咲子も鮨の中では特にウニが大好きで、食事会の時にそんな話をしていたのを覚えてくれていたらしい。

咲子はエスカレーター式の女子校で育ったこともあり、新しい人間関係を構築するのが得意ではない。夜景の綺麗なレストランでかしこまって向き合うようなデートは無駄に緊張してしまいそうだから、慎也のセレクトは有難かった。

それに、二人で会うのは初めてなのにも拘(かか)わらず、カウンターで慎也と並んで座ってもまったく違和感がない。

彼の隣で、自然体でいられる自分が咲子は嬉しかった。

食事を終えた二人は、だいぶ葉桜となった目黒川を並んで歩いた。その時、たわいのない話の途中でふいに慎也が咲子の手を握った。

まだひんやりと感じる夜風と対照的に、慎也の手は温かくてなんだかほっとする。咲子は自分の中にある彼への好意を確信し、控えめに手を握り返すのだった。

「咲子ちゃんの好きなタイプって、どんな人？」

「え、なんだろう……」

急に問われて、咲子は口ごもる。ずばり言ってしまえば好みのタイプは父親なのだが、ストレートに伝えたらファザコンだと思われてしまいそうだ。

「思いつくこと、気楽に全部挙げてくれたらいいよ」

答えあぐねていると、慎也はカジュアルな質問だというように、柔く笑いかけてくれた。

「そうだなぁ……優しいのは、まず大前提。子どもが好きで、もちろん私のことも。とにかく家族を大切にしてくれる人じゃないと嫌かも。浮気とか絶対許せないな。あとは、明るくて、よく笑う人がいい。それから……」

頭の中で父親をイメージしていると、次々に条件が増えていく。

「頭が良くて、仕事ができる男の人はやっぱり素敵だと思う。母みたいに専業主婦として支えたいの。ただ私ってあまり要領がよくないから、食事の支度とか掃除とか、そういうのが遅くても文句言わない人がいいなぁ」

## リアルな男の本音

――ああ、咲子ちゃんもこのタイプだったか。

とうとうと条件を並べる咲子に「多いな」と笑って突っ込みながら、慎也は心の中で溜息をついた。

慎也の周りの同期もほとんどが結婚し、子どものいる人も増えてきた。そろそろ結婚を考えられる相手を……と思っていた矢先、食事会で出会った咲子に好意を持った。

出会いなら、これまでにもたくさんあった。しかし可愛いなと思っても、バックグラウンドが自分の育った環境とかけ離れていたりするとなかなか踏み切れず、ここ数年は本命彼女のいない日々が続いていた。

慎也自身も比較的恵まれた家庭で育ったこともあり、結婚を意識すると、女性に対し育ちの良さみたいなものを求めてしまう。

そんな中、咲子はストライクゾーンだったのだが……。

——どうしてこうも、男にばかり求めるのだろう？

実は、食事をしている時からなんとなく気づいてはいた。咲子はとても楽しそうにしていたが、それはすべて自分が気を遣い、彼女に会話を合わせていたからに過ぎない。しかしその逆はなかった。つまり、彼女のほうから慎也に話を合わせようとか、楽しませようといった意志を感じることはなかったのだ。

先ほど自ら繋いだ手が、急に重く感じられる。急速に気持ちが冷め、「歩きづらいな」とさえ感じてしまった。

いや、慎也のほうも、結婚に覚悟がないわけではないのだ。

ただこうも全面的に「養って」感を出されると、どうも引いてしまう。言われるまでもなく家族は大切にするつもりだし、よりよい生活をさせてあげられるよう努力するつもりだ。

しかしそれを「当たり前」に求められるとひっかかりを感じる。

食事の支度が遅いとか、掃除が行き届いていなくても我慢できなくない。しかし、では慎也の努力や我慢と引き換えに、彼女はいったい自分に何を提供してくれるというのだろう。

両親から受ける愛情は無償であっても、男女の関係は違うはず。ギブアンドテイクが基本ではないだろうか。冷たい考えかもしれないが、それが男の本音なのだった。

咲子を中目黒駅で見送ると、慎也は「彼女も俺も、結婚はまだ遠そうだな」とひとり苦笑した。

*Medical Records*

| 名前 | 年齢 |
| --- | --- |
| 明菜 | 32歳 |

| 職業 |
| --- |
| WEBメディア |

| 崖っぷちポイント |
| --- |
| どうしても軽い男にばかり惹かれてしまう |

# 痛い目を見るとわかっているのに。やっぱり三代目系な男が好き！

「芽衣、ちょっと聞いて」

ランチタイムに入った表参道のカフェで、明菜がサラダボウルをつつきながら低い声を出した。

彼女の周囲に漂うダークな空気から、芽衣はこれから聞かされる話の顚末について大方の予想がついてしまう。

「この間のお食事会にいた、堀川さん覚えてる？」

――やっぱり、堀川さんのことか。

芽衣は新婚だが、先日、明菜に頼みこまれて食事会に参加した。その時にいた35歳の代理店マンが、堀川である。

いまだに日サロにでも通っているんじゃないかという黒い肌と、やたらと白い歯しか芽衣の記憶には残っていないが、明菜は最初から「堀川さん、私タイプ♡」と宣言していた。

そして二次会のカラオケ店を出た後、明菜は堀川に肩を抱かれながら六本木の街に消えていったのだが……。

「あいつ最悪。結婚してたわ」

「え、そうなの?!」

明菜の手前、一応驚いては見せるものの芽衣は内心「そんなことだろう」と思っていた。

食事会での「独身です」や結婚指輪の有無は何の判断要素にもならない。そこは女の勘と千里眼で見抜くしかないのだ。

そもそも、カラオケで三代目J Soul Brothersの「R.Y.U.S.E.I.」を完璧に歌いこなす35歳など、たとえ本当に独身だったとしても選ぶべき男ではない、と芽衣は冷静に分析する。

「もう誰も信用できない……」

深いため息をつく明菜に同情はするが、はっきり言って自ら飛んで火に入っているようにしか思えないのだった。

30歳を過ぎても、やっぱりイケメンが好き

芽衣が明菜からこの手の話を聞かされるのは、今回が初めてではない。というよりむしろ頻繁で、今年に入ってからも、もう3回は聞いた。

既婚だった、本命彼女がいた、浮気癖が直らない……など。

しかもその相手が「え、あの人が？」というような男なら、芽衣ももっと親身に同情するし巧妙に騙した男を非難する気にもなるのだが、そうではないのだ。

明菜が絶望の色を浮かべながら「また騙された」と泣きついてくるたび芽衣は思う。またか、と。

「こうなったら、来週の芽衣の結婚式に賭けるしかないわ。旦那さん側の参列者に独身のいい男いるわよね?!」

「……そうね、いるはず。聞いてみるわ！」

鼻息荒く詰め寄る明菜に、芽衣は大きく頷いた。

30歳を過ぎた女の婚活は鬼気迫るものがある。自分はなんとか婚活戦線から離脱することができたが、明菜の現状は芽衣にとっても他人事ではない。

彼女の男を見る目には不安しかないから、誠実で結婚に向く人をぜひとも紹介してあげたい。明菜とはずっと一緒に励ましあって婚活に挑んできた。自分だけ幸せを掴むというのも、なんとなく後味が悪いというものだ。

今夜夫が家に戻ったら、参列者の素性調査を行おう。芽衣は友人のために一肌脱ぐことにした。

◆

結婚式当日――。

受付を済ませ披露宴会場に足を踏み入れた明菜は、高木良介の座席に座る男の登場を今か今かと待っていた。

「高木良介さんを要チェック！　夫が勤める外資系コンサル企業の同期で、34歳。他はみんな女にだらしなくて無理だけど、彼ならぎりぎり紹介できるとのこと（笑）」

芽衣からそう報告を受けていたからだ。

明菜はどうも昔から男運がない。クラスで三番目に可愛いくらいの絶妙な立ち位置、いやらしくない程度に女らしいスタイル、ノリの良い性格も相まって結構モテるはずなのに……。

むしろ「そこそこ可愛い」という立ち位置が災いしているのだろうか。言い寄ってくる男はなぜかいつも、落ち着く気配のまるでないチャラ男なのだった。

とはいえ明菜自身にも反省すべき点はある。芽衣からもいつも叱られるがイケメンにめっぽう弱いのだ。三代目J Soul Brothersのメンバーにいそうな、ちょっと悪そうな男にどうしても惹かれる。

該当の座席付近にいる男たちを目を皿のようにして見張っていると、まさに明菜好みの、三代目風ルックスの男が高木良介席に近づいてきた。

——もしかして、彼?!

明菜の胸は期待ではちきれんばかりに高鳴る。彼なら、文句なしオーケー。すぐにでも付き合いたい。

だが、そう簡単に恋の女神は微笑んでくれなかった。

三代目風ルックスの男は高木良介の隣、石田輝典席に腰を沈めてしまった。

落胆の色を隠せない明菜だったが、引き続き高木良介席を目で追っていると、芽衣からの前情報通り人の良さそうな、少したれ気味の優しい目をした男がやってきた。

背も高いし、決して悪くない。悪くないのだが……。

高木良介を見るフリをして、目が勝手に三代目風石田輝典を追ってしまう。

あまりにちらちらと見ていたからだろうか。ふいに振り返った石田とバッチリ目が合ってしまった。

明菜を認めると、彼は初対面であるにも拘わらず、さながらアイドルのようににっこり微笑む。そんな彼に笑い返してしまう自分を、ときめいてしまう自分を、明菜はどうしても止められなかった。

◆

「明菜、高木良介さんと話せた?!」

結婚式の10日後。ハネムーン休暇から戻った芽衣が、オフィスのエントランスで出会った瞬間に、早く聞きたくて仕方ないという様子で詰め寄ってきた。

「話したわよ。優しそうな人だった」

明菜が答えると、芽衣はなおも興奮気味にかぶせてくる。

「でしょ!! 夫もすごくオススメだって。連絡先の交換はした?!」

実際のところ、連絡先の交換をしたのは三代目風石田輝典だった。

披露宴の最中に目が合った後、ケーキ入刀や写真撮影などで皆が入り乱れる時に、彼のほうから声をかけてきたのだ。

さらに二次会会場では明菜の隣にやってきて「ふたりで抜けない？」と誘われた。さすがの明菜もそこは自制心を働かせ、連絡先の交換だけにとどめたのだった。

猛烈に高木良介を推している芽衣には申し訳ないが、高木に対してはどうしても興味を抱くことができなかった。

「うーん……」

芽衣の追及を、曖昧な返事でやり過ごす。

すると彼女はイエスと受け取ったのか、はたまた本心を見透かしたのか。呟くようにこう続けたのだった。

「私はまた、明菜が石田輝典って男に引っかかってないか心配だったの。夫がね、いちばん女癖が悪いのは石田輝典だって言うから……」

「あははは、そうなんだ……」

明菜は乾いた笑いで視線を逸らすほかなかった。

*Medical Records*

| 名前 | 年齢 |
| --- | --- |
| みのり | 31歳 |

職業

ネイルサロン経営

崖っぷちポイント

関係を深めることより、
結婚の約束に執着してしまう

# 結婚の約束と引き換えでしか男を愛せない女

「今度の週末ね、母が実家の宮崎から遊びに来ることになったの」

付き合って半年になる修二のマンションで、みのりは彼の機嫌を窺いながら話を切り出した。

インスタントコーヒーを飲みながら「へぇ」と気のない返事をする修二に、みのりは努めて明るい声を出す。

「宮崎って遠いじゃない？　なかなか来られないじゃない？」

「……うん」

みのりの意図が伝わったのだろうか、修二の返事に1秒の間が空いた。

「お母さんに会ってくれないかな？　一緒に食事でも……」

「あー、悪い」

みのりが言い終える前に、修二がわざとらしい猫なで声を出した。

「週末なんだけど、土曜は接待ゴルフで、日曜も会社に行かないといけないんだよ」

予想はしていたが、あまりにもあっさりと断られ、みのりは苛立ちと不信感を募らせる。

30歳を過ぎた女にとって、時間は有限どころの騒ぎではない。31歳である自分はもはや一日たりとも無駄にはできない。みのりはそのくらいの切迫感で結婚を望んでいるのだ。

2つ年上の修二と付き合い始めて半年。彼にとっては「まだ半年」なのかもしれないが、結婚相手としての可不可を見定めるには、もう十分な期間を過ごしたはず。

言うべきではない、言っても仕方ない。頭ではそうわかっているのに、みのりは溢れ出てしまう言葉を止められなかった。

「……そうやって、修二はいつも逃げるよね」

「いや、別にそういうわけじゃ……」

鏡の前でネクタイを締めながら、こちらを見ようともせずもごもご言い訳する修二。その逃げ腰な態度も許せなかった。

「私、もう31歳なのよ？　時間がないの。結婚する気がないなら修二とはもう一緒にいられない」

言いたいことを言ってしまうと、みのりは家を飛び出した。

結局、週末はみのりが一人で母の相手をした。

みのりの母はミーハーで、とにかく新しい場所に行きたがる。

渋谷スクランブルスクエアを案内し、予約しておいた展望台ＳＨＩＢＵＹＡ　ＳＫＹで映える写真を撮るなど、ザ・おのぼりさんらしい週末を楽しんだ。

母もみのりもお喋りで二人して延々話すものだから、日曜の夕方に羽田で母を見送ってしまうと、なんだか急に静かになって淋しさが襲ってきた。

どうにも人恋しく、修二の家に行こうかと思ったが、彼とは距離を置こうと決心したばかりだ。淋しいからって、さっそく流されてはいけない。

しかし気の置けない相手と会いたい気分だったため、みのりは女子大時代からの親友・沙耶を呼び出すことにした。

待ち合わせた都立大学のワインバーに、親友・沙耶は相変わらず化粧っけのない薄い顔で登場した。

「ごめんね、遅くなって。しげちゃんが鍵を持たずに出て行っちゃって、帰りを待たなきゃいけなかったの」

しげちゃんというのは、沙耶の彼氏だ。みのりには理解し難いのだが、同い年のふたりは学生時代から付き合い始めて早10年、だらだらと恋人関係を続けている。同棲してからも、既に5年が経っているはずだ。

「相変わらず、沙耶はしげちゃんに甘いわね」

女の最も輝かしい時期を、沙耶はすべてしげちゃんに捧げたと言っても過言ではない。みのりは他人事ながら、30歳を過ぎても結婚に踏み切らない沙耶の彼・しげちゃんに焦れている。本人にも「早く沙耶と結婚しなさいよ」と何度も忠告しているくらいだ。

しかし当の本人である沙耶は、至ってマイペースなのだった。

「結婚したいというか、私はしげちゃんと一緒にいたいだけだから」

聖母の如き包容力を見せる沙耶に対し、みのりは不安しか感じない。彼女は某アパレル企業で働いているが、このまま結婚できない女街道を突き進んでいってしまうことが怖くないのだろうか？

——そんなの、私は絶対に嫌。

みのりは個人でネイルサロンを経営している。自由が丘に店があり、豊かな主婦たちが毎月通ってくれているから今はなんとかなっているが、この状態がいつまで続くかなんてわからない。

仕事を辞める気はないが、東京で苦労せず生きていくためにも結婚はマストだ。

「私ね、修二と別れようと思ってるの」

赤ワインをぐいっと飲み干し、みのりが決意を込めた口調で告げると、沙耶はほぼすっぴんの目をぱちくりとさせた。

「修二さんって……あの、代理店の？」

「違うわよ、それは2つ前のカレ。修二はゼネコン」

ああそうだったと、沙耶は面白そうに笑う。

「みのりの彼氏、どんどん変わるから覚えられなくって」

本人は悪気なく言っているが、なかなかに嫌みな発言である。しかしながら実際、沙耶がひとりの男を相手に長々と愛を育んでいる間に、みのりはいったい何人の男をとっかえひっかえしただろうか。

「だって修二、ぜんぜん結婚する気ないんだもん……」

はぁ、と深くため息をつくみのりを、沙耶はただただ不思議そうに見つめていた。

それから間もなくして、みのりは修二と別れた。

半年とはいえ密な時を過ごした男との別れは、やはり淋しい。最近は心の隙間を埋めるようにマッチングアプリに登録し、新たな出会いを積極的に探しているところだ。

言い寄ってくる男はたくさんいる。

しかしどれも帯に短し襷に長しで、なかなかみのりの琴線に触れる人は現れてくれなかった。


沙耶から突然の報告があったのは、そんなある日のことだった。

「みのり、しげちゃんにプロポーズされたの……」

電話越しに聞かされたその言葉は、まさに青天の霹靂だった。そうあって欲しいと願っていたことではあるが、二人は10年も一緒にいて、さらには5年間も同棲していたのだ。沙耶としげちゃんは完全に結婚のタイミングを逸してしまったのだと決めつけていた。

「ずっと待たせてごめんって、言ってくれたの。でも待ってくれたから、ようやく気付けたって。こんなに愛してくれる女性は沙耶以外いないし、俺も同じだけ大事にするからって、言ってくれたの……」

電話の向こうで、沙耶は泣いていた。彼女が語る、愛し合う二人の関係があまりに眩しくて、みのりは自分が「愛する」という感情を久しく忘れていたことに気が付く。

修二と一緒にいた半年、彼との愛を深める作業を、果たして自分はしていただろうか。

振り返ると、どうやって結婚に持ち込むか、修二に結婚願望はあるのかを推し量ってばかりいた気がする。

結婚してくれないなら、愛するだけ無駄。

そんな風に思って、修二に対する愛が深くなるのをセーブしていた気さえする。彼に結婚願望がないとわかれば、いつでも撤退できるように。

女にとってはもちろんだが、男にとっても結婚は人生を決める決断だ。

自分が男だったら、結婚の約束と引き換えでしか愛してくれない女を人生の伴侶に選ぶだろうか。いや、やはり沙耶のように心から愛してくれる女と結婚したいと思うに違いない。

——愛するリスクを負える女だけが、愛する男との結婚を手に入れられる。

長い春を実らせた親友・沙耶から、愛に生きる女の強さを見せつけられた気がした。

Medical Records

| 名前 | 年齢 |
| --- | --- |
| 未央 | 29歳 |

職業

外資系ジュエリーブランド

崖っぷちポイント

「医者しか興味ない」と豪語

# 「私と釣り合う男は医者」自分で自分の首を締める高飛車女

「聞いた？　彩の婚約のはなし」

「聞いたわ。出会って3ヵ月だっけ？　びっくりしたけど、おめでたいわね」

いつからだろう。大学時代のサークル同期で集まると、話題の大半が仲間の結婚や婚活の近況報告となってしまったのは。

いま話題に上っている彩もサークル仲間だ。ひとり、またひとりと妻の座を獲得していく女たちを横目に、彩と未央はついこの間まで一緒に婚活に励んでいた。しかしとうとう彼女が先に年貢を納めたのである。

しかし、未央にはどうしても腑に落ちぬことがあった。

「でもさぁ、言っちゃ悪いけど彩は妥協したってことよね。あの子、医者じゃなきゃ嫌だって豪語してたはずじゃない？」

そう、彩は未央と同じく医者狙いだった。しかし彩が最終的に結婚を決めたのは商社マンだ。

「まあ……そうね。でもすごく素敵な彼だから、そんなことどうでもいいって思えたんじゃない？」

春菜が他意のない笑顔で未央をなだめる。彼女も未だ独身だし彼氏もいないのだが、何不自由ないお嬢様ゆえ人を妬む（ねた）ということを知らないのだ。

春菜の発言に含みを持たせて「ふーん」と答える未央。そこに、外資系投資ファンドで稼ぐバリキャリ・里香が焚きつけるように口を挟んだ。

「未央はブレずに医者を狙うんでしょ？」

「もちろん。医者しか興味ないわ」

未央は「当然でしょ」と顎（あご）をツンと上に向けてみせた。

ここまで未央が結婚相手に医者を希望するのには、もちろん理由がある。

父親が代々医師の家系なのだ。何代にもわたって横浜で内科医院を経営しており、両親は決して口に出さないが、一人娘・未央の夫に病院を継がせたいと考えているに違いなかった。

それに、未央自身の経歴も申し分ない。横浜にある中高一貫の私立校を卒業した後、慶應義塾大学文学部に進学。卒業後は外資系ジュエリーブランドに入社し高収入を得ている。ついでに言うと、ルックスだって悪くない。

出自も大したことがなく、自分で稼ぐ力もないのに選り好みをする女のことは、未央だって卑しいと思う。

しかし未央は違う。

両親にも喜んでもらえて、妥協せず心から尊敬できる相手と結婚したい。そう思うのは、決して高望みなんかじゃないはずだ。

◆

『未央、来週水曜空けておいて』

サークルの集まりがあった数日後、外資系投資ファンド勤務の里香からLINEが届いた。

すぐに「OK」のスタンプを返すと、用件は聞かなくてもわかる。これは食事会の誘いである。里香から追加情報が届いた。

『幹事に医者をリクエストしてあるから期待してて！』

食事会に集まったのはいつものメンバーだった。大学サークル同期の里香、春菜、そして未央である。

対する男性陣は、幹事である里香の同僚・カズ、そしてリクエスト通り医師の松山、スタートアップのIT経営者・孝太郎の3名だ。

在籍期間がかぶっておらず、サークルも別で知らなかったが、5歳年上の彼らも全員慶應ボーイだった。

塾生以外から疎まれるのは百も承知だが、慶應生が同窓を好む傾向にあることは否定できない。未央もそうで、それだけで一気に親近感が湧くのだった。

「未央ちゃんは、どんな男性が好みなの?」

最初に好意的な目を向けてきたのは、IT経営者の孝太郎だった。

「医者しか相手にしない」と公言して憚らない未央ではあるが、実は出会った瞬間に一目で孝太郎を気に入っていた。

医者でもなければ高収入かどうかもわからない男だが、そんな条件を上回って惹きつける何かが、彼にはあった。

育ちの良さげな、しかし意志の強そうな目が父親に似ているのかもしれない。

柄にもなく頬を染めながら、用意している模範解答「尊敬できる人」という答えを述べようとした時（この答えも、嘘ではない）、甘い空気を断絶するかのように里香が不必要な情報を彼に告げた。

「孝太郎さん、残念。未央は医者にしか興味がないの」

里香から「そうよね？」と念押しまでされてしまい、未央は押し黙るしかなかった。

「そ……そうなんだ」

孝太郎が気まずそうに笑うのを見て、未央の心は針で突かれたように痛む。

里香を苦々しい思いで見つめるも、これまで散々「医者しか嫌」「成金に興味ない」などと放言してきた未央だから、彼女を責めることなどできない。先日だって、医者狙いを公言しながら商社マンと結婚した同級生・彩に嫌みを言ったばかりだ。

「孝太郎さんは別です」と言いたい衝動に駆られるが「医者狙いの女」というレッテルを貼られてしまった後ではもう遅いだろう。

結局、そのあと孝太郎とはまったく目が合わなくなり、彼の興味が未央から他に移ってしまったことを悟る。

そのかわり、里香の配慮で未央の隣に座った医師・松山があれこれ話しかけてくるのだが、どういうわけか彼は決して未央と目を合わせようとせず、話す内容も医局自慢ばかりでいっこうに興味がもてないのだった。

◆

里香、春菜、未央の3人は報告会と称して青山の『ＬＡＳ』で週末ランチを楽しんだ。

「未央、松山さんとはその後どう？」

里香が興味津々で未央に尋ねてきたが、その後どうも何も、彼とはまったく話も合わず連絡先すら交換せずに終わっていた。

「……どうもないわよ」

すると、未央が低い声で答えたのとほぼ同じタイミングで里香が弾んだ声を出した。

「私、孝太郎さんといい感じなの♡」

──え?!

「さすが里香。彼、素敵だったわよね！」

春菜は楽しげに拍手までして里香の吉報を喜んでいる。しかし未央は、ある疑惑が確信に変わるのを感じていた。

──孝太郎さん、残念。未央は医者にしか興味がないの。

……あれは、もしかしてわざとだった？

無意識に里香を見つめた目に、抗議の色が出ていただろうか。彼女は慌てた口調で弁解を始めた。

「孝太郎さん、最初は未央がお気に入りだったのよ。でも……」

一呼吸置き、里香は未央をまっすぐに見据える。

「未央は医者しか興味ないでしょ？」

*Medical Records*

| 名前 | 年齢 |
|---|---|
| 梨奈 | 30歳 |

職業

ビューティー&ヘルス系のEC経営

崖っぷちポイント

モテ女ゆえ、
小さなことも許せず歩み寄れない

# モテ女の過ち。〝理想の男〟などこの世に存在しない

「ねぇ梨奈、聞いてくれる？」

お昼休みに訪れたアジアンダイニングで、前に座る同僚の景子が大げさに顔をしかめた。

「この間、友達に結婚相談所を紹介してもらったんだけど、なんと初期費用が20万円もしてさ……」

不本意な話だが、東京婚活市場において、女は27歳を過ぎると年々価値が下落してしまう。

30歳を過ぎると次第に食事会にも声がかからなくなり、マッチングアプリや結婚相談所の世話になることもまったく珍しい話ではない。

「それで景子、20万円払ったの？」梨奈が確認しようとしたとき、彼女は固い決意を表明するかのように強い口調でこう続けた。

「半年で絶対、見つけてやるわ……！」

払ったのか……！　景子の並々ならぬ気合を目の前にして、梨奈はなんだか申し訳ない気持ちになってしまった。なぜなら梨奈は、結婚相談所に20万円を払って入会する必要などまったく感じていないから。

確かに最近、食事会の誘いは減った。しかしそれでも行けばほぼ１００％の確率で口説かれる。

男に不自由などしていない。自身の市場価値が下落している実感が、梨奈に限ってはまるでなかった。

「別に、あなたじゃなくても」

『20時に恵比寿駅前でいいかな？』

オフィスフロアの化粧室で入念にメイク直しをしていた梨奈は、今宵のデート相手・浦岡から届いたＬＩＮＥを確認すると思いきり顔を歪めた。

数日前から嫌な予感はしていた。

「食事に行こう」と誘われたのに、いっこうに店を連絡してこない。浦岡は海外進出もしているリゾートホテルの後継者だ。軽井沢に新規オープンするホテルの準備で、ここのところバタバタしていると言っていた。

忙しい相手に、店の予約を急かすのは品がない。そう思って放置した結果が、これである。

――駅で待ち合わせって……そもそも、ちゃんと店予約してるの?!

浦岡とは、1ヵ月ほど前に参加した異業種交流会で出会った。

たまたま隣の席に座った彼は梨奈の好みではなかったが、後継者としての自信を感じさせる落ち着いた振る舞いに好感が持てたし、御曹司にありがちな鼻につく自慢話もしてこない。それに、気取らず気さくな彼の話は意外にも面白かった。

――彼となら、気を遣わずに自然体で過ごせそう。

そんな風に感じたわけだが、初デートの詳細連絡が当日、しかもたった2時間前だなんて「気を遣わない」とか「自然体」で済ませられる話ではない。

梨奈は浦岡に淡い期待を抱いてしまった1ヵ月前の自分を、ひっぱたいてやりたくなった。

◆

恵比寿駅に現れた浦岡は、案の定、店を予約していなかった。

——どうするつもり？

無言の圧力をかけるも、彼は梨奈の不機嫌にまったく気づかぬ様子である。

「焼き鳥でもいいかな？」と言いながら電話をかけると、1軒目で人気の焼き鳥店の予約をすんなりと獲得した。

「いいね、タイミングばっちり」

確かに平日とはいえ、20時に恵比寿で人気店の予約がすんなり取れるなんて、かなり運が良い。

浦岡は、悪びれもせず爽やかな笑顔を向けてくる。梨奈もつい微笑み返してしまったが、彼に対する不満が消えることはなかった。

そもそも店を予約してくれていれば、こんな風にやきもきすることもなかったのだから。

しかし、彼と過ごす時間はやはり楽しかった。

初めて会った際もそうだったが、「最近楽しいことあった？」とか「今行きたい場所はどこ？」など、盛り上がりそうな話題を上手に振ってくれるのだ。

浦岡には色々と言いたい事があるが、お酒が進むにつれて「まぁいいか」という気分になった。

だが良い気分で店を出た後すぐに「じゃあ、俺会社戻るね」と言い出し、あっさり自分だけタクシーに乗り込んだ浦岡を見た瞬間、梨奈の酔いは一気に覚めた。

彼の気取らないところは好きだ。しかしもう少しだけでいいからジェントルな対応というものを会得してもらえないだろうか。

梨奈がさりげなく彼を導き、根気よく育てることができればうまくいくのかもしれない。「気遣いが足りない」その一点以外は、嫌なところなど見当たらないから。

しかし梨奈の思考回路はその方向にはいかない。

――別に、浦岡さんじゃなくても他にいるのよね。

実際、来週は別の男とデートの約束がある。

何度か食事に行っている3つ年上の商社マンで、その彼からは既に麻布十番のレストランを予約したと連絡が来ているのだ。

走り去るタクシーに向かって、梨奈は小さく呟いた。

「別に、あなたじゃなくても」

モテ女街道を歩んできた梨奈は、恋の楽しい部分だけを当たり前に謳歌してきた。それゆえ肝心なことを学ばないまま30歳を迎えてしまったのだ。

理想どおりの男性などこの世に存在しない。お互いに歩み寄り、理想の関係を築き上げるしかないのだ。

Medical Records

| 名前 | 年齢 |
| --- | --- |
| 皐月 | 30歳 |

職業

外資系消費財メーカー

崖っぷちポイント

男ウケを狙うことに嫌悪を抱いている

# 媚びとはつまりサービス精神。上手にPRできない女は売れ残る

「皐月さん、この動画知ってます？」

そろそろ帰ろうかというタイミングで、隣の席に座る後輩・静香が楽しげにスマホ画面を見せてきた。

30秒ほどのその動画は、あざとい婚活女子のモテ・テクを紹介するCMだった。

モテる女の「さ・し・す・せ・そ」（さすが！　知らなかったぁ！　すごーい！　センスいい！　そうなんだぁ！）は基本のき。

3つの首（手首、足首、鎖骨）を見せろ、あえて1mの距離を空けてから急に近寄れ、などのモテ技が披露されている。最終的にはもちろんスポンサー企業の商品PRに繋がるのだが。

皐月が静香から知らされたように、口コミ拡散したくなる動画ではある。広告手法としてはうまいなと思うものの、自分がするかといえば絶対にしないと断言できるような技の連発だった。

「……こんなのに騙される男、いるの？」

つい強い口調になる。

「どうなんでしょうね。でもこういうしたたかな若い女が続々登場するわけだから、我々も負けていられません……！」

静香は笑いながら、怖い怖いと大げさに身震いをしている。

――安いテクニックに騙される男なんて、こちらから願い下げだわ。

皐月は、こういうモテ・テク連発のぶりっ子女が大の苦手だった。

静香とともにオフィスエントランスに降りて行くと、すでに待っていた愛が会うなり皐月のファッションを褒めた。

「皐月さん、今日もオシャレですね♡」

今日は20時から、静香がセッティングした外資系コンサルティングファーム勤務の男性と食事会がある。

モードなスタイルを好む皐月はレザージャケットにパンツを合わせ、髪型もおでこ全開のオールバックにしている。

このファッションが食事会に向くかと問われると疑問だが、そもそも皐月は男性ウケするファッションに身を包む気などない。

一方、愛はというと……彼女はザ・合コン仕様のモテ服で佇んでいるのだった。フレアスカート、ゆるふわ巻き髪、揺れるピアス。先ほど静香に見せられたモテ・テク動画に今すぐ登場できそうである。

——また、わかりやすく媚びてきたわね……。

愛は静香とともに皐月を慕ってくれる可愛い後輩である。悪く言いたくはないが、安っぽさは否めない。お世辞にも褒める気にはなれなかった。

◆

待ち合わせた恵比寿のビストロに現れた3人の男性は、思いがけず皆爽やかで好感度の高いメンバーだった。

中でも市川と名乗る、黒縁のおしゃれメガネをかけた男が皐月は気になった。他の2人と違って浮ついた感じが一切なく、落ち着いた雰囲気が良い。

乾杯のグラスを合わせた一瞬目と目があって、自惚れかもしれないが、彼の眼差しからも好意を感じた気がした。

市川のような男なら、しょうもないモテ・テクなんかに騙されず、きちんと中身を見てくれそう。皐月はそんな風に彼を評価したのだが……淡い期待はあっさり裏切られることとなってしまった。

「市川さんのメガネ、おしゃれですね！　さすがセンスいい♡」

やはり「素敵だな」と思う男性は皆同じなのだ。

市川の隣から、愛が必殺上目遣いで彼を褒めた。

そのセリフはどう聞いても表面的な、狙いすましの褒め言葉であったが、事もあろうに市川はわかりやすく口元を緩め、嬉しそうに愛を見て笑ったのだ。

皐月はがっかりした。彼もその辺の男と同じだったか。

さらに愛のしたたかなところは、決して市川だけに集中しない。他の2人にも満遍なく話題を振るし、「そうなんだぁ」「すごーい♡」の相槌も怠らない。

さりげないボディタッチも含めて完璧にモテ・テクを駆使しており、そしてそんな愛の思惑通りに鼻の下を伸ばす男たちを目の当たりにするたび、皐月はどんどん興ざめしてしまうのだった。

結局、その後も食事会は愛の独壇場だった。23時過ぎに店を出た後も、男たちは「誰が愛を送っていくか」と争奪戦を繰り広げていたが、皐月は聞こえないフリをしてひとり駅へと急いだ。

悔しいとか、負けたとかじゃない。

ただ男という生き物に失望しただけだ。

## 媚びとはつまり、サービス精神

「皐月さん、さっきバッタリ会って聞いたんですけど、愛ってば今日市川さんとデートらしいですよ」

数日後の朝、出社早々に静香から報告され、皐月は思わず唇をかみしめた。

――そうなんだ……。

食事会の前半、愛の独壇場と化す前は、市川からも好意を感じたはずだった。しかし皐月の元に彼からの連絡は結局、なかった。

「やっぱり愛のテクニックは、さすがだわ」

静香はスタバのラテをすすりながら感心したように頷いている。しかし皐月は愛を「さすが」などと賞賛する気になれない。

媚びを売って得る好意なんて、欲しくない。そんなの本物じゃない気がする。

「私は正直、テクニックに騙される男なんてゴメンだわ。ちゃんと中身で選ばれたいから」

「同意してくれるだろうと思って言ったセリフだった。しかし静香の反応は想像と違っていた。

「私も、そう思ってたんですけど……」

言葉を選びながら、彼女は続ける。

「前に皐月さんに教えた動画を見ながら、考えたんです。人も商品も同じだよなって。どんなに中身に自信があったとしても、まずは目を惹かないと中身を見てもらえない。選ばれるためにはテクニックも必要なのかもって……」

的を射た静香の主張に、何も言い返すことができなかった。

皐月が勤める外資系消費財メーカーの商品も同じだ。いくら質の良いモノを生み出したところで、手にとってもらえなければ消費者に良さは伝わらない。

だから手にとってもらうために、興味を惹くようなコピーをつけたり、魅惑的なパッケージで包んだり、必死で選ばれる努力をするのだ。

その努力を、皐月は今まで「媚び」という言葉で蔑(さげす)んできた。しかし媚びとはつまり相手に対するサービス精神の現れではないだろうか。

食事会に男性ウケの良い服装で参加することも、わかりやすく相手を褒めることも。そう考えると、市川をはじめ男たちが愛を選んだワケがよくわかる。

「モテ・テク、侮れませんね」

静香の言葉を、皐月は噛みしめるように聞くのだった。

Medical Records

| 名前 | 年齢 |
| --- | --- |
| 綾香 | 30歳 |

| 職業 |
| --- |
| 日系航空会社CA |

| 崖っぷちポイント |
| --- |
| 不倫相手と別れられない |

# 不倫の恋は魔物。妻子持ち男にハマる女の勘違い

　品川の自宅マンション前でタクシーが停車すると、同乗していた雅彦まで一緒に車を降りた。

「綾香ちゃん、あのさ……」

　彼がゆっくりと口を開いたその瞬間、綾香は心の中で「ああ言わないで」と叫ぶ。

　しかしその願いは届かず、雅彦はついに心を決めた様子で綾香をまっすぐに見た。

「気づいてると思うけど、俺……綾香ちゃんが好きだ。真剣に付き合ってくれないかな？　もちろんお互いにいい歳だし、できれば結婚前提で」

　──ああ、どうしよう……。

　綾香は彼の目を直視できず、気まずく俯いてしまう。

　青山のカウンターフレンチで食事を終えた後、綾香は「電車で帰る」と雅彦に告げた。

　しかし彼は半ば無理やり綾香をタクシーに乗せ、そして車内でそっと手を握ってきた。その時から、こうなる予想はついていた。

しかし振り払ったりはしないものの、力なくされるがままだった綾香の態度から、彼も〝脈なし〟だと気がついたはずだ。それでも堂々と直球勝負した彼の姿は男らしく、綾香の心は少しだけ揺らぐ。

雅彦と会うのは今夜で5回目だ。

彼は綾香を一目で気に入ったらしく最初から前のめりで、二人の関係をどうにか先に進めようとしていた。綾香も当然それに気づいていたが、彼にチャンスを与えぬよう慎重に振舞ってきた。

隠そうとしても滲み出る必死さやぎこちなさがスマートさに欠け、どうも醒めてしまってその気になれなかった。

とはいえ綾香も雅彦が嫌いではない。だからこそ5回もデートしている。

綾香が恋愛の師匠と崇めているさとみが「イチオシよ」と言って紹介してくれただけあり、彼はいい男なのだ。

身長も高いし、33歳という年齢もちょうど良い。顔立ちだって悪くない。仕事も大手損害保険会社勤務で安定している上、経営企画部で出世街道を走っているらしい。

結婚前提で付き合う相手として、何の不足もない。

『5年ほど中国駐在でしばらく日本を離れていて、最近本帰国したばかりなの。そうじゃなかったら、とっくに目ざとい女たちに持っていかれてたわ』

　さとみがそう言っていた通り、雅彦が未だ独身でいたことも、自分を気に入ってくれたことも奇跡に近いと思う。

　それなのに彼の告白をすぐに受け入れられないのは……綾香の方に致命的な原因があるのだった。

　綾香には、離れられない男が他にいる。

『もっと早くに出会っていれば……』

『子どもさえいなければ……』

　その男は、綾香が正しい道に戻ろうと決意するたび無意味な「もしも」を繰り返して引き止めてくるのだ。

　そう。綾香に正常な判断をできなくさせているのは、5歳年上の妻子持ち男なのだった。

雅彦に告白された翌週末、綾香はさとみに招かれ、広尾にある彼女の自宅を訪れた。

「ほんと……素敵なおうちですね」

ダイニングに足を踏み入れると、大理石の大きなテーブルにオータムカラーの花が飾られ、完璧なおもてなしのテーブルセッティングがされていた。

奥には高級そうな白いソファの置かれたリビングが広がり、南向きの大きな窓から柔らかな光がたっぷり差し込んでいる。

独身時代は綾香と同じ日系航空会社でCAをしていた彼女だが、結婚後はこの素敵な自宅でお料理教室を開いているという。インスタグラムのフォロワーも1万を超え教室も盛況で、雑誌などにも頻繁に取り上げられているのだとか。

「座っててね」と言いながらキッチンへ向かうさとみの姿はまさに〝女の幸せ〟を絵に描いたようで、綾香はその眩しさに独り目を細めるのだった。

「それで、雅彦とはどうなった？」

用意してくれたきのこのポタージュやラグーパスタの美味しさに感動していると、ふいに直球の質問が飛んできた。

そうだった。今日は紹介者であるさとみに雅彦のことを報告するためにやって来たのだ。さとみと彼は学生時代からの旧知の仲らしいから、すでに雅彦サイドから何か聞いている可能性もあるが……。

綾香はこっそりさとみの様子を窺いつつ、ためらいながらも口を開いた。

「この前5回目のデートをして、別れ際に告白されたんですが……」

しかし綾香は雅彦の告白に対する返事を保留していた。「少し考えさせてほしい」と言ったのだ。

綾香としては、もしも彼がすぐに答えを求めてきたら断るしかないと思っていた。「できれば結婚前提で」と言われたし、綾香ももう30歳を過ぎている。適当な気持ちで付き合って時間を無駄にしたくはないし、相手にも失礼だ。

だが雅彦は非常に紳士的な態度で「わかった」と言ってくれた。「ゆっくりでいいから」と、笑顔で綾香を見送ってくれたのだ。

すると歯切れの悪い綾香に、さとみが鋭い視線を向けた。

「ねぇ、綾香ちゃん。まさかと思うけど……雅彦と、例の妻子持ち男を比べていたりしないよね？」

「えっ……」

ズバリ核心を突かれ、綾香はうろたえてしまう。

自分でもはっきりと認識していたわけではなかったが、言われてみればそうなのだった。さとみの言う通り、綾香は雅彦と妻子持ち男……佐々木を比べてしまっていた。

綾香の中で、雅彦は佐々木を超えない。それがわかっているから、どうしても雅彦との関係を進められなかったのだ。

綾香と佐々木は、1年ほど前に某ラグジュアリーブランドのレセプションパーティーで知り合った。

パーティー好きの友人に誘われドレスアップして参加したそのイベントで、ひとりドリンクブースに並んでいた綾香に佐々木から声をかけてきたのがきっかけだ。

彼は外資系投資銀行勤めのエリートだ。綾香の目に、佐々木は余裕と色気を纏(まと)った大人の男としてそれは魅力的に映った。

――少しだけ……。少しの間、楽しむだけよ。

左手薬指の指輪なら最初から気がついていたが、綾香はそうやって自分を誤魔化した。

自分がドライな恋愛には向かないことくらい、わかっていたはずなのに。

未来のない関係であるのに……いや、むしろ未来がないからだろう。佐々木は綾香をいつだって丁重に扱ってくれた。

彼は度々ハイブランドの靴やバッグをプレゼントしてくれ、そのたびに綾香は自分が高級な女であると認められた気がして舞い上がった。そして実際、彼は会うたび綾香を褒めた。

「綾香は会うたびに綺麗になる」

「俺と一緒にいたら、もっといい女になるよ」

客観的に振り返れば、なんとも自分本位な口説き文句だとわかる。

しかし道ならぬ恋に溺れる綾香は、そのセリフに含まれる自己陶酔に気がつかなかった。ただ彼の賞賛とエスコートを純粋に喜び、幸福に浸っていた。

どう言い訳しているのかは不明だが、平日のみならず土日もどちらかは必ず会ってくれたし、電話もＬＩＮＥもマメだった。ワガママを言っても嫌な顔をせず叶えてくれた。

佐々木はいつもスマートで優しく、紳士だった。綾香にとって最高の恋人だったのだ。

……妻子持ちであるということ以外は。

「だから不倫の恋は魔物なのよ……」

動揺する綾香を前に、さとみはため息交じりに呟く。

「あのね、綾香ちゃん。雅彦が可哀想だからハッキリ言わせてもらう」

佐々木との関係を、綾香は以前にも話している。その際も当然さとみは良い顔をしなかったが、決して頭ごなしに否定することはせず、綾香の話を黙って聞いてくれていた。

しかし今回、さとみはこれまでにない強い口調で言葉を続けた。

「どうして不倫男が素敵に見えるか教えてあげる。それはね、綾香ちゃんが彼の一部しか見ていないからよ。彼はね、余力をほんの一部あなたに使っているだけ。丸ごと全部で愛してないから、いつだって余裕のある姿を見せられる。ただそれだけのことよ」

――私は、彼の一部しか知らない……？

さとみの言葉に、綾香は思わず「違う」と反論したくなった。

しかし何がどう違うのか説明できそうにない。佐々木が家庭のある男なのは事実で、彼が妻子に見せている顔を綾香は知らないのだから。

「ダサくてもカッコ悪くても、丸ごと全部でぶつかってくれる人を選ばなきゃ。だってそれが恋愛でしょ？」

黙り込む綾香を、さとみが優しく覗き込む。

彼女のいつになく真剣な眼差しを受け止めながら、綾香は雅彦の揺れる瞳を思い出していた。

あの夜、彼が綾香に「付き合ってほしい」と言った時。男らしくハッキリとした口調ではあったが、雅彦の目には微かな怯えが見て取れた。

——ああ、そうか……。

彼の言動がスマートじゃないのは、どうしても必死さが滲むのは、本気だからこそだ。丸ごと全部でぶつかってくれているから、余裕なんて持っていられないのだ。

そのことに気が付いた瞬間、急に悔しい気持ちが湧いてきた。

雅彦の残像の上に、今度は佐々木の余裕と自信に満ちた微笑が浮かぶ。

彼の横顔が大好きだった。艶っぽく素敵だと思っていた。いつまでも眺めていたかった。……しかし今、その余裕がどこから湧いていたかに思い至ると、彼の頬を思い切り引っ叩いてやりたい衝動に駆られる。

「私……もう佐々木さんとは会いません」

震える声で呟く綾香に、さとみは小さく「それがいいわ」と頷いた。

## 「理想の女性・さとみ」はどうやって出来上がったのか？

「不倫の恋は魔物、か……」

恋愛相談に来ていた綾香が帰った後、さとみは食器洗いをしながら小さく声に出した。

不倫の恋は魔物。

それは先ほど、妻子持ち男に惑わされる可愛い後輩に語ったセリフだ。

30歳を過ぎて不倫の恋に溺れる綾香にどうしても目を覚ましてほしくて、つい普段より強い口調にもなった。

しかし彼女に言ったこの言葉が、実は自身の苦い経験から発せられたものだと知ったら……綾香をはじめ、さとみを「憧れ」「理想」と崇拝し、頼りにしている女たちはどんな顔をするだろうか。

ガチャン。

手元を滑った食器がシンクで音を立てた。

「ああ、情けないことを思い出しちゃったわ」

さとみは動揺を隠すように慌てて咳払いをする。部屋にはたった一人で、誰に見られているわけでもないのだが。

綾香との会話でさとみが思い出したのは、久保という男だ。

もうずいぶん昔……さとみが夫と交際を始める前に付き合っていた相手である。

きっかけは、商社マンの久保がCAをしていたさとみに、業務中堂々と名刺を渡してきたこと。

最初は興味本位だった。久保は背が高く小顔で、適度な厚みのある身体にスーツがよく似合う。顔立ちも清潔感があり爽やかで、同乗のCAたちも「素敵ね」とこっそり裏で噂していた。

そんな見目麗しい男性から個人的に「連絡して」と言われたことに優越を感じ、何の疑いも持たぬまま、久保に対し簡単に心を開いてしまったのだ。

さとみは当時25歳で、人並みには恋愛経験もあった。しかしやはり今ほどの洞察力は持ち合わせていなかったし、男性に対する理解も浅かったと言わざるを得ない。

幼い頃から機転がきき、愛嬌もあって甘え上手の女の子を、周囲はいつも丁寧に扱ってくれた。それゆえさとみは理不尽な目に遭ったことがなく、結果「私が騙されるわけない」という根拠のない自信が培われてしまった。

この勘違いが、災いした。

10歳年上である久保の少々強引なアプローチを、若かったさとみは「男らしい」と受け止めた。そうして早々に男女の関係となったのだが、その後Ｆａｃｅｂｏｏｋで彼の妻と思しき人物を発見してしまった時の衝撃といったら……それはもう、しばし息をするのも忘れてしまうほどだった。

――まさかこの私が、既婚男に遊ばれた……？

図らずも不倫に手を出してしまった女はこういう時、何に最も傷つくのだろう。

一般的にどうかはわからないが、さとみにとっては、久保との関係が不倫だったという事実より簡単に彼を信じた自分の浅はかさが悔しかった。

注意深く観察すれば気がついたはずのサイン……例えば、夜にさとみが電話をしても絶対に出ないことや、自宅場所を「世田谷」としか教えてくれないこと、そして日曜は必ず家に帰ることなどを見逃してしまった自分が情けなかった。

そして困ったことに、そんな煮えたぎるほどの悔しさが、さとみをさらなる負のスパイラルに突き落とした。

不倫の事実を知ったさとみは当然、別れを告げた。しかし久保がなんと「嫌だ」「妻と別れる」と言い出し、さとみは彼の言葉に一縷(いちる)の望みを見出してしまったのだ。

〝騙された女〟のままで終わりたくない。そんな執着が、さとみから冷静な判断力を奪ったように思う。

「必ず離婚するから」と言い張る久保を拒絶できぬまま、二人の関係はその後もずるずると1年以上も続き、そしてついに事件が起きた。

その日は、会った瞬間から久保の様子がおかしかった。

日曜は必ず家に帰る彼だが、土曜の夜は特別なことがない限りさとみの家に泊まる。約束ではないものの、それが暗黙の了解となっていたのに、久保が夕刻に突然「帰る」と言い出したのだ。

理由を尋ねても「週明けまでにやるべき仕事が……」と歯切れが悪く、不自然に目を逸らす態度も白々しい。

——何かある……。

不快な胸騒ぎを覚え、さとみはその夜、まるで彼女らしくない一線を越える行動をとった。……なんと、さとみは久保の後をつけたのだ。

当時さとみが住んでいた田町のマンションを出た久保は、なぜか世田谷の自宅とは逆方面に向かう山手線に乗った。

——どこに行くつもり……？

罪悪感か怒りか興奮か。どういう心境なのか自分でも判別がつかない。さとみはただ、バクバクと音を立てる心臓を抑えながら久保を追う。

彼は有楽町駅で電車を降りた。

もしかして「仕事がある」と言っていたのは本当なのだろうか。彼の職場は丸の内だ。日比谷口から丸の内方面に歩き出した久保の背中を見て、さとみの心に安堵が広がって行く。

「疑ったりしてバカみたい……」

しかしさとみがそう独りごちた次の瞬間、久保が前方の誰かにむかい手を挙げた。その視線の先を確認して……さとみは思わず目眩を覚えた。

そこに立っていたのは、かつてＦａｃｅｂｏｏｋで存在を知った彼の妻だったのだ。

夫婦で食事に出かけるのだろうか。妻はシンプルなリトルブラックドレスに身を包んでいる。もしかしたら何かの記念日なのかもしれない。妻は、慣れた仕草で夫の腕を取る。

二人は当然のごとく連れ立って、人混みの先へと消えていった。

妻とは別れる。必ず離婚する。久保はさとみに何度もそう言った。

しかしさとみが目撃した二人の様子は、どう考えても離婚の話し合いをしている夫婦には見えなかった。むしろ仲睦まじくすら見えた。

――ぜんぶ、何もかもが嘘だったの……？

ものすごく惨めだった。あまりに情けなく、涙も出なかった。

その後、さとみはふらつく足でひとり引き返したのだと思う。二人の背中を呆然と眺めた以降の記憶に靄がかかっていて、家にたどり着くまでの自分を覚えていない。

こうしてさとみは、ようやく久保と別れた。

後日、平気な顔で連絡してきた彼に洗いざらいをぶちまけたのだ。後をつけられたと知ったら、久保も今度は引きとめなかった。

この事件はさとみにとって人生最大の汚点ともいうべき出来事であり、彼女の心に大きなトラウマを残した。

一時は恋愛がどういうものかもよくわからなくなったし、誰と出会っても口説かれても相手を信じることができず、男性不信とも呼べる状態になっていた。

しかし久保と別れた半年後、同期に誘われ参加したワイン会で、幸運にも歯科医の夫と出会った。彼から誠実で真摯なアプローチを受けるうち、少しずつ健全な恋愛観を取り戻すことができたのだ。

## セレブ妻を惑わせた、深夜の電話

綾香とのやりとりがきっかけで久保のことを思い出したその夜、さとみは一人でワインを開け、夜遅くまで大好きな韓国ドラマを楽しんでいた。

歯科医の夫は銀座で審美歯科を開業しており、もちろん週末も仕事だ。また月に一度は講演の仕事で必ず家を空ける。

そして今夜がその、月に一度の夫不在の日なのだった。

一人で過ごす気ままな夜、さとみはいつも現実とはかけ離れた美しいラブストーリーに浸る。長い結婚生活で忘れ去られたときめきを思い出させてくれる、さとみにとって至福の時間だ。

新婚の頃は夫も、家でも外でもところ構わず「世界で一番綺麗だ」「さとみちゃんは僕の宝物だ」とドラマ顔負けの、聞いているこっちが恥ずかしくなるセリフを連発してくれたものだが、最近はさっぱり。さとみはそれが少々不満である。

この先もう二度と、ドラマチックに愛を囁かれる経験ができないのかと思うと悲しい。

焦りも感じる。こんなこと、表には出さないけれど。

そうしてドラマに夢中になっていると、深夜0時過ぎに突然電話が鳴った。

訝しみながらスマホを確認して、さとみは思わず「嘘でしょ」と叫ぶ。

タイミングが良いというべきか悪いというべきか……。

なんと、さとみが彼を思い出し、さらに夫が留守の夜にピンポイントで、まさかの久保が電話をよこしたのだ。


「……さとみ？　ごめん、いきなり。起きてた？」

さとみの記憶では、二人はそこそこの修羅場を繰り広げて別れた。

しかし電話口の久保は、まるで今も恋人同士であるかのよう。長いブランクを一切感じさせない慣れた口ぶりである。さとみがすでに結婚していることも承知のはずだが、躊躇なく名前を呼び捨てにしてくる。

「起きてたけど……驚いた。どうしたの？」

相手は、かつてもう二度と顔も見たくないと思った男だ。

しかし傷を癒すのにも十分な月日が流れたし、優しく頼れる夫を得たさとみには、昔と違って余裕がある。この程度の無礼は水に流そう。そう思って、柔らかな声で応えた。

「どうしたの？」

なかなか用件を言わない久保に、抑揚のない声で再び尋ねる。

ところが、ようやく口を開いた彼の言葉は、さとみの平常心を一瞬で奪った。

「実は俺、離婚したんだ」

「え……？」

久保が、離婚？　今になって？

さとみと別れ話で揉めるたび「妻とは別れる」と口にしながら、結局は離婚しなかったというのに。

久保が、独身に戻った。

その事実を知った途端、思いがけずかつて彼に抱いていた感情が蘇った。

無責任なことばかり言う久保に振り回されながらも、愛されているのは私なのだと信じていた。結婚していてもいい加減でも、それでもやっぱり久保が好きだった、あの頃の自分……。

「さとみ、少しだけ出て来られない？　今六本木のＴＳＵＴＡＹＡにいるんだけど……どうしても今、さとみに会いたくて」

久保の声には覇気がなく、懇願するような口調だ。

スマホで時刻を確認すると、０：10と表示されていた。こんな時間に人妻を呼び出すなんて、本当にどうかしている。

神経を疑いつつもすぐに断れないでいると、久保はさらに弱々しく続けた。

「ずっと、さとみのことを考えてた。あの時どうしてさとみを選ばなかったのかって……」

そんな風に言われ、さとみの心は不本意に揺れる。「ざまあみろ」と思ってもいいはずの相手なのに。

六本木まではタクシーで5分。ずっとドラマを観ていたから、お風呂もまだだし化粧も落としていない。そして今夜は夫もいない。出て行くことはできる。できるのだが……。

『行列に並んで食べるラーメンが美味しく感じるのって、なぜだと思う？』

以前、男から24時に呼び出され容易く誘いに応じたＰＲ会社の亜季に、そう苦言を呈したのは他ならぬさとみだ。

しかも久保は過去に結婚していることを隠してさとみに近づいてきた下衆男である。彼が今さら離婚しようが落ち込んでいようが、そんなの知ったことか。応じる必要なんてない。

これが他人の恋愛相談ならば、絶対に行くなと言っているはずだ。

頭ではわかっているにも拘わらず、さとみは次の瞬間こう答えていた。

「少しなら大丈夫よ。TSUTAYAに行けばいい？」

不倫の恋に潜む魔物がまだ蠢いているのだろうか。もしくは寸前まで観ていたラブストーリーに影響されたのか。

自分の行動に理由を見つけられぬまま、さとみは軽く化粧とヘアスタイルを直し、急いでタクシーに飛び乗った。

◆

「久しぶり。さとみ、全然変わらないな」

久保はTSUTAYA TOKYO ROPPONGIのテラス席にいた。パーカーにデニムというラフな格好だが、相変わらずスタイル抜群でかなり目立つ。

もう彼も40歳を過ぎているのに、おじさんの要素など一つも見当たらなかった。笑うと少しだけ目尻にシワができるくらいだ。

「離婚したって……大丈夫なの？」

さとみが遠慮がちに声をかけると、久保はじっとさとみを見つめ、ゆっくりと目を細めた。そして「少し歩こうか」と言って席を立った。

歩きながら、彼はずっと自分の話をした。

5年前、さとみの結婚を知って心の底から落ち込んだ。ずっと気になっていた。しかしさとみが結婚してすぐにタイ駐在が決まって日本におらず、2年前に本帰国した。離婚が決まり、一番に思い出したのはさとみのことだった……云々。

ふと気がつくと、久保は人通りのない裏道ばかりを選んで歩いていた。

そしてそのことを疑問に思ったのと、さとみが彼の広い胸板に抱きすくめられたのはほとんど同時だった。

「さとみ……会いたかった」

正直に言う。この瞬間、さとみは不覚にも久保にときめいてしまった。拒絶しようと思えばできたのに、しなかった。

「離婚したって……いつ？」

久保の胸に顔を埋めると、懐かしい香りに胸が熱くなる。さとみは彼に抱きしめられながら、絞り出すような声で尋ねた。

「ああ、そうなんだ。2年前、日本に帰国してすぐに……」

——2年前……？

久保の答えが喉に引っかかって、さとみはハッと我に返る。

「離婚したのは、2年前なのね？　最近というわけじゃなく」

彼の回答を繰り返しながら、急いで久保の腕をすり抜けた。

先ほど電話をよこした際、彼の口ぶりは、まるで昨日今日に離婚が成立したかのような深刻さだった。あまりに沈んだ彼の声が心配になり、だからこそさとみは急な呼び出しにも応じたのだ。

それなのに、離婚したのは2年前だって？

さっき彼は「離婚後すぐにさとみのことを思い出した」とも言ったはずだ。ではなぜ、離婚してすぐの2年前ではなく今夜初めて連絡をよこしたのか。

素早く考えを巡らせるうち、さとみは一つの結論を導き出した。

おおよそ、こんなところだろう。おそらく離婚の原因になったか、もしくは離婚後に関係を結んだどこぞの女と別れたことで、不意にさとみの顔が浮かんだ。それで突発的に恋しくなり、ちょっかいを出してみたのだ。

彼に何を期待していたわけでもなかったが、相変わらずの軽薄さに呆れてしまう。

「あはははは」

怪訝な表情で立ち尽くす久保から離れ、一歩あとずさりをしてから、さとみは乾いた声で笑った。

「久保さんも、ぜんぜん変わってない」

憐れむように久保を見上げながら、さとみは彼のせいで味わった屈辱、後悔、怒りを改めて思い出し、口の中で静かに嚙み潰した。

散々傷つけられて久保と別れたとき、さとみはこう胸に誓った。

もう二度と男に振り回されない。騙されたりしない。衝動に流されず理性的な賢い選択をして、必ず幸せを摑むのだと。

同じ過ちを繰り返すわけにはいかない。

「……今夜は会えて良かったわ。あなたのおかげで成長した自分を確認できたから」

堂々と言ってやりたかったのに、そのセリフは少し震えた。

「どういう意味」と声を漏らす男をその場に残し、さとみはさっと踵を返すと来た道を引き返した。

息が上がるほどの早足で大通りへと向かい、タクシーに手を上げて、さとみはため息交じりに呟く。

「まったく、今夜の私はどうかしてた。あんな男の誘いに乗るなんて……」

乗り込んだ車中で、さとみは久保の残像を振り払い夫のことを考えた。

スタイル抜群でもイケメンでもないが、いつも変わらず優しい笑顔で帰宅する夫。クマのぬいぐるみのような癒しオーラがある夫の顔を思い浮かべていたら、ささくれ立った心が次第に落ち着いていく。

結婚して5年。夫婦関係は落ち着いて、情熱的に求めあうことはなくなってしまった。しかしその代わり二人の間には、恋人時代には得られなかった穏やかな愛がある。

『さとみは好きなことをすればいい。何でも応援するよ。君が毎日を楽しく過ごしてくれることが僕の幸せだから』

CAを辞めて専業主婦となったさとみが料理教室を始めたいと話したとき、夫はそんな風に背中を押してくれた。

言葉だけじゃない。料理教室が盛況であることを自分のことのように喜び、少しでも暗い顔をしているとすぐに気がついて「無理するな」「何かできることはないか」と当たり前に心を砕いてくれる。

夫婦として支え合い育んできた愛の価値を、さとみはしみじみと噛み締めた。

さとみがいつも笑顔で自分らしくいられるのは、何があってもお互いの存在を肯定しあえる最良のパートナーがいるからだ。

夫の深い愛情の前では、恋のときめきなんて安い存在に思える。皮肉だが、久保の自分勝手さがそのことを教えてくれた。

——夫と出会えて良かった。彼と結婚して、本当に良かった……。

しみじみと心の中で呟き、さとみは満たされた気持ちで車窓に視線を送る。

そこには、東京の夜を背景に、揺るぎない幸せを手にした女の微笑が映っていた。

本書は、「東京カレンダー」WEBにて2017年1～5月に連載された「結婚できない女」と、2016年8～12月に連載された「崖っぷち結婚相談所」を加筆・修正し、改題して文庫化されました。

|著者|安本由佳　1981年奈良県生まれ。2004年慶應義塾大学法学部法律学科卒業。化粧品メーカー広報、損害保険会社IT部門で勤務したのちフリーランスへ。'16年から'20年1月まで東京カレンダーWEBにて多数の連載を執筆。代表作は「二子玉川の妻たちは」「私、港区女子になれない」「結婚できない女」「それも1つのLOVE」「LESS〜プラトニックな恋人〜」「華麗なるお受験」「恋と友情のあいだで〜廉Ver.〜」。

|著者|山本理沙　1984年東京都生まれ。2008年日本女子大学文学部英文学科卒業。外資系航空会社客室乗務員、金融機関・コンサルティングファームの秘書業務を経てフリーランスへ。'14年よりECサイト開業。'15年から'19年8月まで東京カレンダーWEBにて多数の連載を執筆。代表作は「崖っぷち結婚相談所」「東京婚活事情」「結婚ゴールの真実」「結婚願望のない男」「東京・ホテルストーリー」「恋愛中毒」「35歳のヤバい女」「恋と友情のあいだで〜里奈Ver.〜」。

不機嫌な婚活（ふきげんなこんかつ）

安本由佳（やすもとゆか）｜山本理沙（やまもとりさ）

定価はカバーに
表示してあります

2020年10月15日第1刷発行

発行者——渡瀬昌彦
発行所——株式会社　講談社
東京都文京区音羽2-12-21　〒112-8001
電話　出版（03）5395-3510
　　　販売（03）5395-5817
　　　業務（03）5395-3615

Printed in Japan

デザイン—菊地信義
本文データ制作—講談社デジタル製作
印刷———豊国印刷株式会社
製本———株式会社国宝社



ISBN978-4-06-520272-2

# 講談社文庫刊行の辞

二十一世紀の到来を目睫に望みながら、われわれはいま、人類史上かつて例を見ない巨大な転換期をむかえようとしている。

世界も、日本も、激動の予兆に対する期待とおののきを内に蔵して、未知の時代に歩み入ろうとしている。このときにあたり、創業の人野間清治の「ナショナル・エデュケイター」への志を現代に甦らせようと意図して、われわれはここに古今の文芸作品はいうまでもなく、ひろく人文・社会・自然の諸科学から東西の名著を網羅する、新しい綜合文庫の発刊を決意した。

激動の転換期はまた断絶の時代である。われわれは戦後二十五年間の出版文化のありかたへの深い反省をこめて、この断絶の時代にあえて人間的な持続を求めようとする。いたずらに浮薄な商業主義のあだ花を追い求めることなく、長期にわたって良書に生命をあたえようとつとめるところにしか、今後の出版文化の真の繁栄はあり得ないと信じるからである。

同時にわれわれはこの綜合文庫の刊行を通じて、人文・社会・自然の諸科学が、結局人間の学にほかならないことを立証しようと願っている。かつて知識とは、「汝自身を知る」ことにつきていた。現代社会の瑣末な情報の氾濫のなかから、力強い知識の源泉を掘り起し、技術文明のただなかに、生きた人間の姿を復活させること。それこそわれわれの切なる希求である。

われわれは権威に盲従せず、俗流に媚びることなく、渾然一体となって日本の「草の根」をかたちづくる若く新しい世代の人々に、心をこめてこの新しい綜合文庫をおくり届けたい。それは知識の泉であるとともに感受性のふるさとであり、もっとも有機的に組織され、社会に開かれた万人のための大学をめざしている。大方の支援と協力を衷心より切望してやまない。

一九七一年七月

野間省一